广西当代作家丛书（第五辑）

东　西 / 主编

U0889799

被龙卷风追赶的人

■ 刘　频　著

广西人民出版社

图书在版编目（CIP）数据

被龙卷风追赶的人 / 刘频著 . — 南宁：广西人民出版社，2024.1
（广西当代作家丛书 / 东西主编 . 第五辑）
ISBN 978-7-219-11688-3

Ⅰ . ①被…　Ⅱ . ①刘…　Ⅲ . ①诗集—中国—当代
Ⅳ . ① I227

中国国家版本馆 CIP 数据核字（2024）第 016444 号

GUANGXI DANGDAI ZUOJIA CONGSHU（DI-WU JI） BEI LONGJUANFENG ZHUIGAN DE REN

广西当代作家丛书（第五辑） 被龙卷风追赶的人

东　西　主编
刘　频　著

出 版 人　韦鸿学
策　　划　罗敏超
统　　筹　覃苹萍
责任编辑　杨　珩
责任校对　梁小琪
封面设计　翁襄媛

出版发行　广西人民出版社
社　　址　广西南宁市桂春路 6 号
邮　　编　530021
印　　刷　广西民族印刷包装集团有限公司
开　　本　787mm × 1092mm　1 / 16
印　　张　15.75
字　　数　176 千字
版　　次　2024 年 1 月　第 1 版
印　　次　2024 年 1 月　第 1 次印刷
书　　号　ISBN 978-7-219-11688-3
定　　价　45. 00 元

总　序

从2012年党的十八大召开到2022年党的二十大召开，这段历史，在党的二十大报告中，被称为“新时代十年的伟大变革”。这十年，以习近平同志为核心的党中央团结带领全党全国各族人民，迎来中国共产党成立一百周年，中国特色社会主义进入新时代，完成脱贫攻坚、全面建成小康社会的历史任务，实现第一个百年奋斗目标。历史性的胜利，彪炳史册。

这十年，也是中国文学界牢记习近平总书记嘱托，坚持以人民为中心的创作导向，从“高原”持续向“高峰”攀登的十年，是“文学桂军”锐意进取，不断夯实基础、壮大实力、提升影响的十年。

2001年至2012年，广西作家协会在自治区党委宣传部的大力支持下，精心组织，陆续编辑出版了“广西当代作家丛书”一至四辑共80卷本，80位有成就、有影响的广西当代作家入选该丛书，成为中华人民共和国成立以来广西文学界规模最大的文化积累工程，备受国内文坛瞩目。可谓功在当代，利在千秋。

从2012年至今，刚好十年过去。“文学桂军”在小说、报告文学、诗歌、散文、儿童文学等体裁创作上，又涌现出一批具有全国影响力的代表性作家，少数民族作家队伍的创作实力在全国处于领先地位。国运昌盛，文运必兴。编辑出版“广西当代作家丛书（第五辑）”，推出新一代广西作家，成为文学界共同的期待。

十年来，得益于自治区党委、政府的关心支持，得益于自治区党委宣传部的正确领导和大力扶持，“文学桂军”呈现良好生态和健康发展势头，一批作家频频在全国重要文学刊物亮相，一批有分量的作品在全国各知名出版社出版。陶丽群获第十一届全国少数民族文学创作骏马奖，红日、李约热、莫景春获第十二届全国少数民族文学创作骏马奖，朱山坡、李约热分别获第七、第八届鲁迅文学奖提名，东西的长篇小说进入第十届茅盾文学奖前20名。十年来，据不完全统计，广西作家出版长篇小说、中短篇小说、散文、诗歌、儿童文学、报告文学等专集选集共600多部。一批作品获广西文艺创作铜鼓奖，《人民文学》《小说选刊》《民族文学》等刊物年度优秀作品奖，以及《小说月报》百花奖、花城文学奖杰出作家奖、郁达夫小说奖、茅盾新人奖、《雨花》文学奖、华语青年作家奖、《钟山》文学奖、《儿童文学》金近奖、“小十月文学奖”佳作奖、华文青年诗歌奖、三毛散文奖、冰心散文奖等，入选各类文学排行榜。“文学桂军”已然成为家喻户晓、有全国影响力的响亮品牌。

为进一步繁荣广西文学事业，全面展示党的十八大以来广西文学创作的丰硕成果及新时代广西作家的精神风貌，广西作家协会决定组织出版“广西当代作家丛书（第五辑）”。

该丛书的入选作者须具备三个条件：一是作者须为广西作家协会会员，中国作家协会会员优先；二是近年来创作成绩突出，曾经获得全国性文学奖或自治区级文学奖；三是个人创作成绩显著，作品在全国重要刊物发表。在广泛征求意见基础上，经各团体会员推荐、广西作家协会主席团会议酝酿讨论，实行无记名投票推选，共评出入选作家20名。田耳、田湘、王勇英等作家，由于作品版权原因，遗憾无法纳入本次选编。一批作家近十年创作成果丰硕，由于已经入选前四辑丛书，本次不再选入。

2021年12月14日，习近平总书记在中国文联十一大、中国作协十大开幕式上的讲话指出：“文化兴则国家兴，文化强则民族强。当代中国，江山壮丽，人民豪迈，前程远大。时代为我国文艺繁荣发展提供了前所未有的广阔舞台。”2014年10月15日，习近平总书记在文艺工作座谈会上的讲话指出：“‘文章合为时而著，歌诗合为事而作。’衡量一个时代的文艺成就最终要看作品。推动文艺繁荣发展，最根本的是要创作生产出无愧于我们这个伟大民族、伟大时代的优秀作品。没有优秀作品，其他事情搞得再热闹、再花哨，那也只是表面文章，是不能真正深入人民精神世界的，是不能触及人的灵魂、引起人民思想共鸣的。”习近平总书记关于文艺工作的重要论述，已经成为广大文艺家的自觉遵循，内化于心，外化于行。收入本辑丛书的作品，内容丰富、题材广泛、风格多样，在记录伟大时代、反映现实生活、讴歌人民创造等方面，用心、用情、用力，很好地体现了以人民为中心的创作导向，集中展示了祖国南疆新时代蓬勃多姿的文学景象。

习近平总书记在党的二十大报告中指出：“推进文化自信自强，铸就社会主义文化新辉煌。全面建设社会主义现代化国家，必须坚持中国特色社会主义文化发展道路，增强文化自信。”“坚持以人民为中心的创作导向，推出更多增强人民精神力量的优秀作品，培育造就大批德艺双馨的文学艺术家和规模宏大的文化文艺人才队伍。”这为新时代新征程的文化建设和文艺创作指出了正确方向，提供了根本遵循。

当前，全党全国各族人民正在深入学习宣传贯彻党的二十大精神，满怀信心向第二个百年奋斗目标迈进。编辑出版“广西当代作家丛书（第五辑）”，可谓正当其时，也是贯彻落实《中共中央关于繁荣发展社会主义文艺的意见》和《中共广西壮族自治区委员会关于繁荣发展社会主义文艺的实施意见》，用文学助力建设新时代中国特色社会主义壮美广西的最新成果。

伟大时代必将激励伟大的作家和孕育伟大的作品。希望广西的作家和文学工作者，坚定文化自信，做到文化自强，坚守艺术理想，追求德艺双馨，不断增强脚力、眼力、脑力、笔力，以刚健、厚重、先进、质朴的创造抵达伟大时代的艺术高度。诚如中国文学艺术界联合会主席、中国作家协会主席铁凝所寄语的那样：广西文脉深厚、绵长，在新时代新征程上，相信广西作家能以耀眼的才华编织崭新“百鸟衣”，描绘气象万千的“美丽的南方”。这是时代赋予我们的责任，唯有俯下身子，深入到火热生活中去，深入到人民中去，不断学习，不断攀登，以作品立身，以美德铸魂，方能不负时代，不负人民。

是为序。

石才夫

2022年10月31日

CONTENTS 目 录

长着人脸的羊／

进山问棋／

雪夜，群山没有野心 /

在活火山公园 /

缅甸来信／

长着人脸的羊

长着人脸的羊

长着人脸的羊
在岑寂的炊烟里出现。只有我知道
它就是我前世的样子
眼神悲苦
鼻子和嘴唇翕动着，朝着神明走失的方向

这张脸，是舔净了刀子上的血水
和羔羊的眼泪
才能长出这副慈悲的模样
是吃尽了命里最苦的草
和最毒的鞭子，它的眼神才如此
和顺，低垂，像晚钟里一个农妇的默祷

那时风吹来，像翻动着羊皮经卷
羊循着远远退去的一片草地低鸣
它垂下头，垂下一张人的脸

直到暮色里浮起一盏荒凉的马灯

长着人脸的羊啊，就让我用这张苦脸
回到你的身上吧
就让我用你嚼过的全部野草
去领赎我的戴罪之身

星空寂静

天一黑，星星们就开始做晚祷
这些天堂的孩子，人类童年的眼睛
每天坚持安坐在固定的位置
倾听黑暗尽头的福音
它们纹丝不动的安静让我们羞愧
在天空下面，我们总是浮尘般漂移
在应该出现的地方缺席
在不该出现的地方现身

暮晚的火烧云下，我看见那个人还在大海捞针

那天，海面依然是一块烧红的巨铁
在彤云垂天的大海
鲸鱼向远方激射出红色的喷泉
一艘装满集装箱的巨轮，像古代神话中的英雄
在航行中压低了夕光中的海平线
爱情的心，把一望无涯的海面布置成了浪漫的吧台
但我无意关心这些
我只注目于一个在大海捞针的人
从少年时代起，他一次次纵身入海
要捞回那根失落海底的针
要捞回那根给他带来一生剧痛的针
在漫天的红光里，我再次看到了他
看到了他被晚霞染红的白发，看到了他裹挟着一团火烧云
扎入大海的身影，正像一根带血的针

朝海底狠狠戳下去
那一刻，只有我知道海水在疼痛，在痉挛
在回应着那个人——波涛下隐没的悲怆

生活已被我们喂养成了猛犬

是的
生活已被我们喂养成了猛犬
它不再听话，不再是跟在我们后面
一路听我们谈论诗歌和爱情的那只小乖乖
它拒绝我们的亲昵。它猛地跃立起来
强壮凶猛的身子高过了我们

是的
我们把生活喂养成了一只猛犬
它的心，是时代中沸腾的铁
它时常玩弄粗大的爪子
磨尖利的牙齿。在它烦躁的狂吼里
我们和它学会了互相警惕

温情脉脉的时光远去了
清早的风就弥散出了生铁的气味

我们满怀爱意喂养的这只宠物
它已经不满足昨天的安宁和美食
它灵敏贪婪的鼻子不停嗅闻着
从我们的身上分辨猎物的气息

犬牙交错的心，一塌糊涂的爱
当生活这只猛犬冲进迷乱的暴雨
它飞跑着，用早先我们牵引它的那条绳子
拖着我们跟在它后面气喘吁吁狂跑
一次次，挣脱了我们的手

在我死去时请允许我再流泪一次

那时，我躺在殡仪馆里，躺在鲜花丛中
用一生的爱，去接受死亡的现实
哀乐为我响起。在悲痛中，你们为我悲痛
我也为你们悲痛，为我们相拥相爱的时光悲痛
那灵堂的花圈和胸前的白花，告诉我
这是一个在生命的途中执手告别的春天

其实，我很好，我躺在人生无憾的答卷里
这一生里，我善良，正直，爱我所爱
那死亡的炉火等着我像凤凰一样展开翅膀飞翔
只是我困倦的眼睛一直在睁着，一直在望着远方
望着我的女儿走在安静的林荫路上
望着我的妻子在零零碎碎的家里整理着幸福
那一刻，请你们替我抹去羞愧的泪水

这是最后的泪水啊，我爱的亲人，我爱的世界
我爱得还不够，我想紧紧搂着你们不愿离去
我的爱是自私的、无限的
我想从冰冷的冰棺坐起来，牵着女儿的手
再一次教她一步步走路，一句句说话
再一次让她挽着我的手，在紫荆花的大街上散步

我还想给我的妻子一个无法兑现的梦
还想用竹林里的那一滴清露，去搂紧她深吻她
还想和她一起在灯光下去谈论我的诗歌
还想和她一起生气，吵架，摔东西
她那提前苍老的幸福和痛，让一个死去的人
默然泪流满面。我想用最后的声音对她说
来世，会金子般珍惜；来世，要好好再爱一次

我的亲人，当你们走过我的遗像前
请不要哭泣，因为我也是忍着一生的泪水
让你们感到我最后的坚强
我会记得那往日里的恩情和欣慰，美好和快乐
不要哭，在未来的日子里我会祝福你们
正如你们此刻祝福我安息

拍夏天电影的人回来了

拍夏天电影的人回来了
他们的脸庞俊美
海风推动着火烧云的气息
蓝色的双肩包里，有残存的小风暴

这是最后一次晚餐了
那个男主角，盯着杯里的红酒
在另一个城市，现实中的女主角
刚刚把酒杯砸碎

甜熟的青芒开始腐烂。逆光的南方
随野麻地遗落的冰丝头巾退去
他们相约下一个不可能的夏天
像多年以后失忆的台词

一个剧组解散了
最后离开的是那个导演，他紧抿嘴唇
一头远去的长发，像落雪的马鬃

那天，在一个被剪掉的镜头里
海滨那个黄色电话亭一直响着
始终没有人接

天堂来信

在天堂里
他说，他戒酒了，肝功能在慢慢恢复
平日里多吃黄花菜，西红柿
每天保持一个鸡蛋，一杯牛奶，一袋麦片
但还是感到疲倦，那种人间带来的累让他老打瞌睡
一本书从藤椅的阴影区经常滑落
半睡半醒之间，雨燕的粪便一颗颗落到头上
地上解决不了的问题，他带到天上继续思考
他说他坚持散步，但歧路越来越多
一双鞋子总是和一张遗像结伴而行
他说他很想念我们，包括莫干山那次最后的聚会
他一生只关心诗歌，鸟，和铁门
遗憾啊，他所深爱的女人还在爱他
到现在，他都没能为她写出一首像样的情诗
他说，他窗外的湖水太干净
但他身上的灰尘太多，不敢去那儿洗澡

他仍保持着岩礁的孤愤和晚灯的悲悯
在这封带着初夏凉风的信里
他习惯性地抿着嘴，还在为受屈者打抱不平
他劝我们珍重，他的目光垂落下来——
“那夕阳的余火，还在为人世间慢慢熬药”

万家灯火是一条安谧而忐忑的河流

万家灯火
是一条安谧而忐忑的河流
仿佛失而复得的爱，用旧帆船
运回了从邮箱走失的情人
灯光扛着梯子走过一条条大街
连人世间的强人，都逆着光陆续回到了家
一朵涟漪在打捞另一朵涟漪
那灯河的骨折处，岁月的沉船想浮起来
想用铁锈去取悦今夜啤酒的泡沫
光影在一个人的左脸上重新划分生活的边界
在明暗的指缝间，有人在给一袭旗袍放生
最幽魅的那一盏，是城市肺部的航标灯
对应着时间下面低烧的黑礁石
广告灯在练习组装一双双翅膀，那时

我还在反复修葺着一朵朵发光的浪花
在擦伤的暗影拐角处，一个寻虎者
从蜈蚣酒里猛地跳了出来

羊角锤

我可以宽恕，一只铁器
击碎爱情的双层玻璃
我也可以宽恕，尖啸的玻璃
以慢镜头的方式，从心口处划出一个人的血
我甚至可以宽恕，一个人流出的血不够纯洁
那是岁月入侵他的血，秘密产下了蝇卵
但是我不能宽恕，那挥舞在我们头上的
一把羊角锤
我不知道
羊角，这羊身体中善良的偏旁部首
从何时开始，跟一块铁媾和起来
是谁，让羊角进化成
用钉子击穿我们灵魂的工具
当一个人像羊一样逃出命运的击打声
在呻唤中垂下眼睑，那把羊角锤
依然在薄光的围栏上旁敲侧击

不可含怒到日落

一个人走遍异乡
一遍遍拍打着无辜的白发，呼喊着
——不可含怒到日落
当一生的光线在铁缝中变得幽晦，恰恰
要让爱和仇的分界线清晰起来
要让那滚滚的江水排列成送丧的队伍
给我的落日以安息，给我的困厄以归置
就像晚风中墓穴里的酢浆草，叶开三瓣微笑
针茎把烈日的余温缓释到死亡附近
我听到了——不可含怒到日落
要让我的疼为蜻蜓接续断损的翅膀
也要让我灵魂的幻灯片投射在广垂的天幕
我一生的罪，在羊的油灯里得到了清洗
在落日之后，我要赎身为树梢上的晚星
那是一个改正了错误的孩子
在幽寂的穹顶下安静读书

描述一次雷击的遭遇

那时我感到自己俨如坦克一样勇敢，在雷雨中
青春是身体里的避雷针
一个人像穿着长筒水靴的近卫军，一路穿过
带电的建筑、树林、积水、高压线
甚至吹着口哨，爬上了尖塔形状的山顶
那山体下面有一条湍急的矿床，在吐出火光的蛇信

就是那一次，随着头顶的一声爆响，我被雷电击中了——
我的头部、颈部，以及手臂
有一万只蚂蚁在爬走，仿佛在绘制着电的地图
我的头发竖起，像厉鬼一样，惊恐的呼喊响彻山谷
一个蔑视常识的人，绝望的呼叫声被暴雨拖远，稀释

——这是雷电给我上的致命一课
至今，每到雷雨季我沉郁的灵魂仍在战栗
当岁月的滚滚奔雷涌过头顶，请原谅我变得怯弱

请原谅我，学会了在闪电欺身时的自我保护——
两脚并拢，身子下蹲，双手抱膝，随命运一同低下头
在强力的震慑中，正如一个失去反抗的被俘者

这世界谁会钉马掌

在沙尘里，如果远处有一盏灯
我会大声问——这世界谁会钉马掌
我走不下去了，这半生的坎坷和折磨
让我的脚步偏离了身体和魂灵
我需要一种古老的手艺
需要马口铁和钉子，狠狠打进我的足底
把我的野性重新支撑起来
是的，我累得心身脱形，双足渗血
我就是一匹马，被体内的寒气吞没
让我的尊严再次昂起头来
在孤冷的人世间
如果有钉马掌的声音传来，那生锈的声音
定会像春风一样，顿时击落我的泪水
我还想在这夜色里继续赶路
还想再嘶鸣二十年。在苍凉的北方荒野

我终于看见了一家店铺
那深夜里的灯光摇晃着，但——
它是卖化肥的

在一座废弃的煤矿区

煤挖尽了
成为往昔的火焰和记忆的灰烬
一个年代的激情与瓦斯，随一条被拆除的铁轨远去
遥远的、亲爱的矿区，现在
荒凉得像一个讲完故事的老人

此处如果有什么值得写诗
那就是一棵被煤烟熏老的桂花树
一棵被一次次矿难压弯了腰的桂花树
是啊
它抚摸着这片废墟的花香，针尖一样的花香
还在一厘米一厘米探入废弃的井口

它相信那窒息的巷道里
还有一顶老式安全帽在晃动，像浮雕一样
它要找到那个迟迟不肯撤离的矿工

要跟一双幽暗中发光的眼睛汇合
一个习惯于在地底采集阳光的人
他的天空，就安放在深邃的地层下面

他肯定还守在那里，守在颓圮的工作面
在凝固的空气里，是一双紧紧把攥电镐的手
他要一直守到那棵衰败的桂花树倒下
守到一座庞大的矿井从梦中坍塌
那时，他愿意被压在时间的最底层
愿意变成一块最黑的煤

晚景中的六和塔

塔坐在山上，人坐在塔上
塔跟风交谈，人跟塔交谈

秋风在钱塘江畔咳嗽一声
远空就留出了前世的白
浮云就停在了一首鹧鸪天

登塔的人也想飞，像一只鸟
用半匹困乏的晚霞做巢
街市被斜阳笼在山下
像一枚被时光遗忘的闲章

木鱼一两条，改道去了宋朝
潮声一千里，替飞檐藏好了兰花指
那塔，兀自在一遍遍复习
开在杭白菊里的一句偈语

登塔的人累了，观潮的眼累了
塔坐在塔的位置，塔不累
水向东流，叶朝西落

雁翅上，有一封去年的锦书

塔是一盘残局的最后一颗棋子
在夕阳中，自己和自己较劲
塔在天上，塔在人间，塔在塔中

高速公路上，物流货车里的玛丽·奥利弗

我怎么不担心，玛丽·奥利弗
在南方的高速公路上，那陌生的天空下
是她熟悉的田野，树林，湖泊，和压低天空的鸟鸣
而一首诗的隐秘处，是她的黑池塘，尖塔顶，鳕鱼角
在物流卡车奔涌的河流里
一个用想象力抵达万物的女诗人
带着她的野鹅，延龄草，像猛兽一样从快车道超车
她紧紧抱着她那本诗集：《去爱那可爱的事物》。抱着
用“词语穿越坚硬、冷漠、封闭的墙壁”的灵魂
那是金色的脸，在一辆快运的密闭卡车里
她的身边挤压着一件件网购商品——
小零食，牛仔裤，化妆品，高压锅，乳胶床垫，洗车喷枪
一双大号户外运动鞋压住了她的脚趾
一辆物流卡车，想让她逐渐习惯速度中的幽暗和窒闷
亲爱的玛丽·奥利弗，这是最后一个转运站了
一本网购的诗集明天早晨将要到达我手中

她把暗影中的氧气折叠起来，提前向我低声朗诵
“一个我爱过的人给了我
一盒子黑暗
许多年后我才明白
这，也是一件礼物”

深夜刻钢板的人

深夜刻钢板的人
压低高度近视眼镜，那熬红的眼睛像受伤的狼
在一块又冷又硬的钢板上
他在刻着一首明天排练的大合唱歌曲

铁笔，以进行曲的速度在钢板上匀速行进
嗞嗞的响声，仿佛乐曲的节奏
一个个工工整整的楷体字，有如一颗颗钉子
打进他隐隐作痛的坐骨神经深处

夜寒中，那是一杆笔和钢板的对抗与合作
他不能力透纸背，也不能蜻蜓点水
在一张薄如蝉翼的蜡纸上，他把控着力度
小心翼翼平衡着大半生的轻重
一支合唱曲像汹涌的河水，从细密的格子涌出
淹没了一盏15瓦白炽灯投下的暗影

当他刻完那个休止符时，长长地打一个哈欠
一个年代多声部的激情，夹着他的烟草味
唰唰唰地油印出来。他的钢板和铁笔
像船和桨，静泊在从窗外透进来的晨光里

吊在冷库里的冰猪

在冷库里，一头被劈成两半的猪
吊着，像一对友好的邻居
望着对方身上整齐的长刀口，和
一枚有力的蓝色戳印

一只暴突的眼睛，另一只，也是
暴突的眼睛

它们想合在一起，合成原先那头
用尾巴摇动悠闲的猪，但这是两半
僵硬的身子。在冷气里
它们像被高高吊起的两个被捕者

在柔韧的冷雾中，恍惚跑动着
穿防冻服的人影
一头猪的左半边和右半边
还在亲密的往事里，喁喁交谈

我厌恶一切过于冷硬的事物

我厌恶一切过于冷硬的事物
比如生铁，刺刀，钢锉，冰凌，刑具
一个人喉咙里嚎出的狼的声音
包括，铁石心肠，茅坑里又臭又硬的石头

我厌恶重金属的寒芒逼向一个孤弱的人
比如密室里的夜鸮，阳光下的黑手
一把工具箱里洗净血迹的榔头
而一张纸上的飓风，随意把麻雀卷上天空
又重重摔下，连泪水也来不及喊出

我也厌恶那些被岁月隐藏的锐角
比如生活中尖啸的警报，爱情中厉声的口令
比如硬水，水中有看不见的锋芒，正是它
用柔和的假象，在我的体内造成硬伤
包括朝一颗脑袋反弹过来的轱辘把
一下就打倒了，佝偻在井边那个老人伤痛的一生

我甚至厌恶被硬物强力击打的记忆，因为
我曾经以内心的刚直
对抗过钢铁的强蛮，像一块花岗岩
在一台巨大的碎石机里，被绞成碎块
甚至被击成粉尘
至今，那些碎裂的筋骨，扭断的纹理
还在时间的隧道里隐隐作痛

而现在，我只想让那些没遭遇过冷风暴的露珠
栖息在一首诗最温软的地方
温软到她们说出小圆珠的爱，说出晨风里的亲人

春天的阴影

告诉她，就算木槿花凋落了也没关系
一个人，把生病的脸
从潮湿的手风琴声里反转了过来
那时，她就是她自己的构图和背景
当一个人的耳朵穿过枯死的树枝
她的爱人学会了驾驭光线
甚至在黑暗中勇敢地拿起了反光板
这是口吃的春天，一个人的高光
照耀着爱情面部的中央：柔和的额头、鼻梁及下颌
嘴角处的法令纹，那两条对称的河流
一条是生，一条是死，涂抹着均匀的光芒
此刻，就算回到那个命运废弃的货运场里
她也会微笑，要一颗受过苦的心不害怕乌云
还要春天的美死去活来
因为她看到了她的爱人，把岁月分散的阴影
搬运到了她爱情笑肌的腮红区里

久违了啊，这降服于软光的那张脸
在阴影的压迫中，清晰地刻画出爱的每一个细节
像锁骨外面的春天，如此立体，深邃

火柴人之歌

请让小镇朝右倾斜二十度左右
火柴人就从暮光里逃出来了
孤儿，歪着小身子走吧，唱儿歌壮胆吧
这卸妆的小丑，还带着火柴盒呢
但要说再见了
格斗的火柴人，烧坏脚趾的火柴人
请放下昔日的装备
在去古堡的路上，小心啊
那只被剪掉胡子的山羊，在等他
那个女海盗的香烟，在等他
蒲公英，请帮他飞起来
在游戏程序外面，我要和火柴人手挽手
带走两只越狱的气球
山羊胡子烧焦的气味越来越浓了
嘘，别下雨，也别升温
键盘的天空上，是危险的小脑袋，是啦啦啦啦啦啦
啦啦啦啦啦啦

人工泪液

我的左眼和右眼是如此固执
一只凝注于爱，一只逼视着恨
在低压风暴里从眼睛抠出一粒粒沙子
五十多年过去了。我的泪水
始终浇灌着一片爱恨交织的荒地

为此，我的目光像一条捕尽了鱼的枯河
我的眼睛干涩疼痛，视力下降，甚至干涸得
在野草一样突如其来的忧伤和幸福里
很难再流出一滴眼泪

"喏，这是一瓶人工泪液
这是模仿人体泪液成分的替代品，可以起到
滋润眼睛的作用"

当一双纤手递过来一瓶人工泪液
试图用一滴冰凉的眼泪产品
去唤醒、抚慰另一滴滚烫的老泪
我怀疑这塑料瓶里的化学药液，是否
可以模仿我一生快意恩仇的泪水，是否
可以融解我诗歌里的朝露，和夕光下的忏悔
还有，那卡在泪腺里一滴一滴的悲愤

是的，我是风泪眼
不论我的泪水是清澈还是浑浊
都一直兼容着这个世界的完美和残缺
正如我默许我的目光被手机折断
像一截截闪电，被冰镇起来

现在，我像服从命运一样遵从医嘱
“一日三次，每次两滴”
我试图用一滴人工泪液
把我内心那颗最后的泪水，逼出来
像坚冰下的岩石一样熔化

被龙卷风追赶的人

1941年，早春二月

他是一个中学教员
穿长衫，戴圆框眼镜，指甲修整
保持在北平读书时的良好习惯
他厌恶从政，也不愿从商
他只想教书，和单纯热血的学生朝夕相处
课余也和他们一起，坐在公园的椅子上
讨论《彷徨》和《呐喊》
在乌云的裂缝中探寻国家的命运和前途

他面容清癯，单薄的身子里有青松之气
每天早晨他夹着讲义走去学校上课
那讲义里，有祖国的美和风雷
在晨风清冷的小城街上，他习惯于
跟卖包子的李二师傅，彬彬有礼地打个招呼
如果遇到路边的一个穷乞丐摔倒
他会毫不犹豫把那人扶起来，并且施予几文钱

他薪水微薄，但心身清爽
所以，他不会像富商那样去追逐豪宅和金条
在简陋的平房里，在一盏汽灯下面
他备课，读书，写作，给进步杂志投稿
给保定的那位朋友写信，他想象着一封信
将怎样闯过战争的火线，到达那紧闭的小宅院

他身边没有狐朋狗友。在他的陋室里
偶尔会有二三志同道合的友人造访
一杯清茶就可以一夜清谈
从《人间词话》谈到救国救亡，甚至厉声抨击
黑暗和腐败。激愤处，把茶杯猛然一挫
全然不避茶水溅湿干净的衣衫
夜深了，他们还在默然凝望着一颗天边的寒星

是的，有美丽的女生爱慕他，并模仿他的板书
但他避开了一个先生必须避开的目光，他只爱着隽
爱着那个《松花江上》唱得很好听的教会医院护士
在早春二月，他裹着隽给他织的长围巾
和她一起到城南郊外散步，牵着手
在呼出的热气中，望着一条小河慢慢解冻

被龙卷风追赶的人

那个长着马脸的人
在旷野上，被龙卷风追得疯一样跑
黑风暴压低辽阔的翅膀，刮过大地
一次次，几乎揪住了他的衣领

但后来我们才渐渐看出名堂
这个长着马脸的人，根本不是被追赶者
正是他，跑在时间前面
领着龙卷风不停地狂奔

在旷野上拍摄闪电

积聚在天空云层里的亿万吨炸药，终于爆发
——闪电来了！何其迅猛的电流
从一个人极度孤独的内心直向云端奔涌
地平线一瞬间被甩到视野以外。沉落的天幕
被黑暗压到了山峦上。枝形闪电，球状闪电
让天空下的一条山脉缩小成金色的蛇
在明明灭灭中，一秒一秒地绵延着，扭曲着

雷霆如巨石群一波波滚过来。一个摄影师
在强放电的世界里
在沮丧中蓦然间发现了最好的拍摄前景——

在前方的旷野地带里
一个人的影子从黑暗中突然浮现出来了
像一棵危险的避雷针，站立着。没有人知道
在垂天的黑幕和闪电猛烈交替的时刻

他用小小的身体挡住了强光
此时，他还在坚持给地上的蚂蚁讲课
像布道者一样微低着头，弥散出一片安宁
那个影子，远远的，在镜头里慢慢拉近
越来越清晰，有如黑白版画一样

咔嚓！
——闪电定格在袭向那个背影的一刻

打电锤的人

我看见他打电锤的样子
很酷
他的眼睛顺着大号钻头
死死盯着墙上的一个点
电锤，哒哒哒哒
他肌肉凸起的手臂，哒哒哒哒
这是他内心发出的吼声
他和坚固的墙体猛烈震动着
在冲击和反冲击中
火星飞溅
灰尘飞溅
就像恶狠狠打在自己身上一样
他咬着牙，扭曲着脸
他要打到一面墙的痛处
一直到，把它哒哒哒哒打穿
一直到，当的一声，钻头戛然而断

在春天的果园里

哦，农艺师
请不要用春天的理由说服我
请不要用你娴熟的刀锋
把一截澳洲雪梨枝条，嫁接到我的身上
我是一株秉性执拗的橘子树
在我的农事手册里
我只开自己的花，结自己的果
绽开自己的伤口

一辆汽车在爆炸的雨雾里狂奔

我喜欢这种感觉
一个人开着车在大暴雨里狂飙，仿佛
一个人与全世界为敌
从天空决堤的雨水
要让一辆飞驰的汽车浮起来，但它的车轮
死死抓住水泥地面，让水花在死亡的速度里
吱吱溅起白色的火焰
我把音乐开到最大，来点摇滚的，来点酷的
咖啡色调的车厢，在辽阔的雨幕里，是一种
独立于大现实的局部。打击乐在响，远远拖动着
一千公里的滚滚奔雷
高速公路旁，树木折断的声音一闪而过
雨刮发疯似的左右刮动，横扫扑过来的雨水
和闪电，就像一个人愤怒地摆着手，对这个世界说不
一辆汽车在爆炸的雨雾里狂奔，直到
把一场大暴雨逼停

拒　绝

我拒绝跑步机
我要跑在爱情酥软的皮肤上
我拒绝冷饮，我只喝一条大江烧沸的白开水
我拒绝用标准件组装我的汽车
我拒绝跟盗墓人的后代，一起参观青铜博物馆
我拒绝以诱饵去诱捕一条恋爱中的鱼
我拒绝给狼羔做教父，尽管那只狼羔
有点喜欢模仿羊的叫唤
我拒绝偷窥者，我需要在灯下缝补好自己的破绽
我拒绝跟股票操盘手谈论柑橘的生长
拒绝开一家出售谎言的网红店
我拒绝用水切割法剖开花岗岩，我不敢触及
那坚硬纹理中狂怒的闪电
我拒绝让我手中的剪刀锤子布合谋，我必须

让它们在时间里像真理一样对峙
我拒绝给魔术师制作完美的道具
拒绝诗歌向修辞屈服
我有私人地图，拒绝远方听命于一条铁轨
我拒绝在一座一线城市里放弃我的方言
我拒绝跳广场舞，拒绝在晨风里向市民广场集合
我拒绝我的泪水被收购，被稀释，被改造
我拒绝在慢性病的药物中死去，要死
就死在一只鹰的灰烬里面

废墟上的祷词

——参观马其顿地震博物馆

悲痛的人，请赐给他们泪水，战栗，和一本死亡回忆录
疗伤的人，请赐给他们纱布，碘酒，白色的止痛片
饥渴的人，请赐给他们干净的水，燕麦面包，加上火腿肠
贪婪的人，也满足他们，请赐给他们散落在残垣夹缝里的钱币
让他们从骨头抠出一群疯子的自画像
在大地震废墟上，灵魂的余震刚刚启幕
神明啊，你要特别眷顾那个从血泊中最后苏醒的人
请赐给他光，请赐给他新的图纸和尺子
他爬起来要做的第一件事是，在持续的溃塌里
用残砖断瓦，一点一点地，重新建起一座教堂。那是
在大地震废墟中央，爱与死最高的建筑
当最后一块砖头用完时，他把自己，和光的影子
砌进了一座简陋的殿堂里面。神明啊
那一刻，请允许那个谦恭的人和你站在一起

压低沉默，跟着一场俄罗斯的大雪

——冬夜重读帕斯捷尔纳克

他加入集体抬棺，那乌鸦一样沉默的队伍
他的喉咙里压着一块烧红的铁
压出带血的辅音。他被强光灼伤的眼睛
要回应一个医生贫穷的雪盲
风暴里的魂灵，被旧铁轨一节一节拆卸
他要跟着雪的声音，那猛禽翅膀抖落的声音
他的背影放大了俄罗斯的大地
因为他要走在大雪里一本书的封面上
被冷冻的，是雪一寸寸退去的粮仓
吻合着铁水管里一颗幽暗的心
一封信，撞击着坏天气里锈蚀的邮筒
在牙齿的缝隙里，漏出光，漏出
一场大雪的犹疑，崩塌
这是冰河上的爱，冰镐碎裂的阴影
在最后熄灭的一盏煤气路灯里

从马厩里出逃的人，像他一样
在荒凉的雪地上踩出一个个人字
一群群人跟上来了，越来越多

前往香枫镇

我把天空当作一面便携的小镜子藏起来
从阴坡翻过阳坡
一抬头就看见伐木工人，在给一条河流穿衣服

是黑色的衣服，那衣袋里，有军火库和樱桃园
他们说我习惯于把细节放大，譬如
少女脚上的蛇伤，是我要前往的香枫镇地图

港口封冻了。哲学船里放着工厂电影院的片子
我途中要拜访的一位死亡化妆师，她一脸倦容
但冬天的小火锅已经沸腾。在最近和最远的地方

我有两个亲戚，一个是暴利，一个是晚霞
在暴利里我驱赶运煤的火车进了旅行纸杯
在晚霞里，我用最好的火转动着爱情的烤玉米

我所到达的，都是老式唯心主义者所经过的
那儿房屋连片，屋顶上晒着小提琴像晒着鳄鱼
我把好天气拿出来，他们推选我做镇长

地下暗河

我潜入地下暗河
在石灰熔岩的裂缝里，有灵魂的巨大回声
一座城市下面的四十米深处
居然隐藏着一条湍急的河流
那是我前世的血，让我莫名生病的血

在黑铁一样的冷水中
我终于探入了一个南方家族遗落的秘密
从时间的黑暗里，随手可以捞起
脱落的金牙，失传的棋谱，衰朽的柱础
和一缕发丝凝结的幽叹

但我只想找到那个人，光着膀子的那个亲人
他几乎像站在水牢里，多少年来
一直拉着一台老式发电机的绳子，用一根
幽暗的光线使劲拉着

要把一条地下暗河点亮

在岩石的虚空里
一台被岁月泡坏的老式发电机，还在发出
断断续续的轰响，等着我
朝着亮处一步步走来

坏在沙丘地带的火车

没有机械师的傍晚。火车坏了
在荒僻的沙丘地带，他们逃亡，痛哭，等待
在一片哭声里，货物和行李被丢弃在铁轨旁
只有一个女人还在死死抓着一部德国相机
天快擦黑时，所有的人终于全部下车
缓缓推着一列火车前行。在星光下齐唱着歌
所有的人像一个人一样，推动着一列老火车
有如推动命运中停摆的巨钟。熄火的火车昂着头
钢铁摩擦钢铁的刺耳声音，沿着远去的铁轨
消失在一部回忆录的尽头

气　球

在节日的广场上，一万只气球从晨风里升起来了
五彩缤纷的气球，以逃逸者的速度飘飞
一尊天鹅的雕像扑打着翅膀，朝它们遥遥致意

我像孩子一样仰望着高空
没有人知道，我的那只气球混在其中：浑圆，透明，虚无
像盛典里一个小小的喜剧

和那些用打气机充气的众多气球不同
我的那只，是我用肺腑之气吹起来的。气球里充满了我的——
牙膏味，烟草味，打嗝味，和一个诗人特殊的口臭
我借助一层薄薄的橡胶，将我的私人气息和外部的晨风、尘雾
以及淡淡的工业废气彻底隔开，和这个一望无际的世界
彻底隔开

喏，害怕孤独的粉红气球靠过来了
但我的气球，拒绝了身边一只气球的时尚爱意
在一座地标性大厦楼顶的平行高度上
我的气球推开了风，脱离了气球队伍，往灵魂的方向脱身飞去

一只只气球在模糊的光影里炸裂了
我的气球，如此单薄，危险，仍在气流里摇晃着飘升
我像望着一个陌生人，在吃力地
望着它，直到它像一颗痣，消逝在命运一样深远的虚空

在江心仰泳

我睡在一条河流的大床上
意味着变成一条鱼，或一条船的可能
我在水中修习平衡术，让流水惴惴不安

一条河流随我的仰泳改变姿势
在看不见的旋流之上
我把压在头顶的天空翻转过来
对这命运的巨大虚空之物
完成了由仰视变成直视的过程
我用目光把一朵天边的乌云，拖到天顶
我需要练习对一只大乌鸦的
持久对视

在大江的中心位置
我的身体跟河床和天空，形成新的平行关系
我看见一条平行线沿着我的耳际

无限延伸。在天和地之间
我以河为纸，用身体写出一个“一”字

现在，我能够确定
我内心的波澜足以影响到沉默的河岸
如果我愿意，我还可以
把水中那些高层建筑的倒影
一直拖到下游，像一部缓缓推进的纪录片

关于柳江源

一群人站在柳江上游的水边
大声争论着柳江的源头是在哪里
吵闹的声音，把柳江水底的鹅卵石
搅得一夜夜失眠
但柳江不去证实。一条大河
只顾在时间的地理中涌流
只顾在自己的涌流里涌流
隐去的涟漪，是一路放下的快意恩仇
柳江像一条大鱼
穿过山谷，森林，人声，兽迹，和江湖传说
柳江涌流着，像真理一样无可辩驳
在涌流中，一次次转换一条大河的身体
把旋涡搬到岸边一个婴儿的脸上
它知道自己从哪里来
所以，它知道自己往哪里去

在梦中无限绵延的山脉

我敬肃于一列群山充满了野心
像烧红的铁，迟迟不肯冷却
在绵延的燃烧中把石头搬上天空。那是神明的脚步
朝着新的星宿，把我的肖像运送到了东南方
我也敬肃于一个把闪电磨成蜂针的人
沿着山峦被热空气压低的剪影
飞行。在夕照的灰烬中，是他最先看到了
一列海底山脉像睡醒的青铜头盔，从破碎的深水浮起
跟一条在大地奔跑的山脉接合在一起

面对如此汹涌的生活巨流

面对如此汹涌的生活巨流
我没有溃堤，没有被淹没
我置身其中
在生活的大洪峰到来之前
我筑起拦河坝，拦截它，同时迎接它
用灵魂的闸门过滤一条生活的浊流
过滤体内的另一条地下河
从鱼鳃的流毒里，一遍遍
滤出澄净的那一小勺
就是那么一点点
是我穷尽一生，献给爱的晚露

俘　虏

我押解着整整一个连的俘虏
在硝烟未尽的路上
我大声喝令着，弄得尘土飞扬
只有我一个人挎着卡宾枪
他们受伤的枪，藏在心里
昨天还在和我争夺生死胜负的敌人
在沉默和敌意中挪动脚步
他们的眼睛放大了我的枪口
不知道从什么时候开始
我在这群俘虏强大的耻辱里
渐渐地耷拉下头，像俘虏一样走着

皮　带

一条皮带，划分出
我的上半身和下半身
这条固定的分界线
让我的身体有了匀称感
有时我暗自把这条皮带移位
试图改变上半身和下半身的比例
那时
金属皮带头里的那匹狮子
就会发出不安的吼叫

反穿衣服的人

反穿衣服的人
他居然把扣子和衣袋这一面
穿在身体的背后
他往前行，像是朝后走
前后拉扯着，像两个人在拔河
如果他飞跑，两旁的树木不是后退
而是跟着他快速往前冲去
当他停下来
身上的风也静止着，不知所措
一个人，不知道他一生都反穿着衣服
不知道地面上
有他明暗的两个反向影子
他走着，还旁若无人地唱着
让我一路上前后矛盾

秘密的纵火者

在春日的晚风里
我们闻到了一种浓烈的烧焦气味
那是被烧焦的
塑料味？金属味？化纤味？木头味？毛发味？或者是
混合的怪味？

这可疑的气味里有暴烈的情欲，弥漫在夜色里
它是一个来路不明的家伙。我们好似
警犬一样吸溜着鼻子，如同仔细嗅闻着意大利香水的
芳香
我们甚至在彼此的身上也嗅闻着
想要尽快确认躲藏在一个幽暗处的火源

一场即将出现的大火不可抗拒。它就蛰伏在身边
并且开始扩大图谋
当一丝烤灼气息像打完网球的人缓步走来

我们还在疑惑，争吵。我们此刻还弄不清——
是什么东西在暗自燃烧
在一个什么具体位置暗自燃烧
——这比逼到皮肤上的大火和浓烟，更加危险和致命

这是一场无法报警的火情。它似乎
离我们这条平日里安静的街区很远，似乎又很近
甚至近得到
仿佛我们的身体里正在缓慢地自燃，从里面冒出浓烟
仿佛我们就是秘密的纵火者，在大火到来之前
提前嗅闻着一片灰烬的气味

克服了浮力的妹妹

她戴着潜水镜
像一头蓝鲸冲进大超市
她掏出手机吼叫着告诉姐姐
我在1628年，在海底
我找到了那艘沉船
见到了你丢失的发货单

第二次见到药剂师

第二次见到他时
他用鸭公嗓的音调，告诉我
喏，别相信这白药片
你的病，是它的副作用治好的

世界地图

在世界地图上
我看见整个世界全是
线条，图形，数字，符号，色块
我在上面
随手画出一个小小的人
但他们说
这，不是世界地图

我的生活与灵魂

在冬夜的小木屋里
在一盏岁月的晚灯下，我终于看清楚了
我的生活与灵魂的关系

对于我而言，我的生活与灵魂
就是一根电线里的
火线和零线
它们貌似互相分离，而又紧紧绞缠在一起

是的，我的生活与灵魂
正如这统一在一根电线里的火线与零线
一个是带电的
在电流中产生生命的原始动力
一个是静默的
在静默中形成虚无事物的实际意义

它们是一对独立又连体的孪生兄弟
在矛盾与融合中
给一个孤独的生命带来了一生的光明
也照亮了一间小木屋周围的事物

哦，这个在时间的沙漏里
缠人的复杂问题，在今夜的灯光下
变得如此简单明了

但是，当我想更深地探入
生活与灵魂的秘密，我发现我错了
就像我常常分不清哪一根是火线哪一根是零线，那时
在我盲目的触摸中，遭到了它们反抗性的电击
我不得不立即把手缩回来

鹰在体内紧急疏散群山

十万里乌云
从三千里群山的噩耗中涌来，只有鹰

是雷霆滚石群的一部分。——父亲的闪电来了！
制止了

风暴路径对天空的又一次篡改。在鹰着火的双翅上
左边忙于暴乱，右边忙于平叛。旷野上

一群人赤足呼号，用鞋子朝着鹰摇摇晃晃的影子砸去
——鹰远去

丢下一群人的咒语。今夜
鹰在体内紧急疏散群山

进山问棋

刘氏家谱补遗：放蟒记

1943年，兵荒马乱还没有乱到雒容镇
一条巨蟒似已感到日军兵锋之气息
窜游于山野之间，被游手好闲的村民捕获
某日集市上，祖父拨开众人喧声
以七担大米之价，购得这条蜷于箩筐的巨蟒
此蟒遇祖父有福了，细目滴溜溜斜望这位乡绅
祖父大喜，率家仆将巨蟒抬至镇外八里的樟山
面东净手，焚香，于草丛间将此蟒放生
蟒伏于祖父脚下，不动，似有不舍
祖父挥挥手："尔，去吧"
巨蟒遂如游龙，倏忽遁形于唰唰作响之草浪
此后，此蟒下落不明，音讯全无
祖父刘馨馥因之美名传扬，备受尊崇
1993年，祖父无疾，安然仙逝
放生之事一如流水涓涓，传颂不衰
如今，樟山附近已辟为工业园，昼夜喧腾

而我，始终固信那条灵蛇仍蛰伏于某洞穴
于幽邃间，吐纳气息，伺机而出
偶尔我寻思，我刘频甚或就是当年那条巨蟒
对此奇想，我属鼠的妻子摇头，笑笑

进山问棋

春日晨起，又困，又闷
蝶蛹也咬不破这连日的阴雨
此时，听到一句野猪的叫声也好
——但没有

我在寂寥的哈欠中
念想着深山里隐世的棋师
那破墙边的一树李花，姓李的花
该落到他的纸棋盘里了
空白处，是几滴懵懂的鸟屎

有弱风慢煨着古旧的棋谱
那时，他的目光乘虚拱往天际
飞来峰是他的眉，不动，他虎口也不动
按住一子，是按住了浮生的黑光
他守身于棋道里

逐一放三条春蛇滑腻腻游来

那么，是我该撑起雨伞，挽起裤脚
穿过长长的田埂进山了
在山径的绿树荫和碧溪水的尽头
他用远近的峰峦摆好一副棋局
等着我呐。在他衣袖里的一笼斜阳下
还有黄狗，水酒，腊肉

相见欢
更欢的是，那锥眼里露出的满天星
浩繁的乱星气象里，有他的一个格局
有河东之硕珠，缓缓西沉
沉到夜半相握的两只手，如庵，无语
终是无语啊——

这个春上，他再也不会等我了
去年，他到山下的小镇去采购生活用品
一辆农用车在醉意里狂扑而来
飞出的车轮，是一粒夺命冷棋
破解了一个棋师最后的残局。那天
也是细雨霏霏，也是犯春困的天气

在小天寺前听禅

“天空大而无当。”
我随慧明法师移步，走到一棵枣树下面
我看见
天空被一根禅杖赶进了枣树的枝丫间
“若此，天空岂不被三两朗枝局限了？”
慧明法师放下禅杖
“喏，此方小天，恰好做水井盖足矣”

一块前清墓碑嵌在乡村石桥上

他有良田数千，果园数百，货栈几十
一颗茂盛的野心把药材生意铺到长江以北
最得意的一笔是
顺治十二年，让川中的黄连价格涨了三成

几个娇妻美妾在黄鹂鸣啭的四进庭院里
鱼贯出没。一群儿女在花园里玩耍，或者读书
日后有几个鲲鹏展翅，有几个扶不上墙

他捐过一个官，不大不小，好看中用
并且与县官州官关系良好，礼数周到
闲时邀几个文人雅士到前院赏花，把酒吟风
在杜仲、麝香、白术、金钱草的气味里
一张三尺宣纸上有惊龙矫凤游动
他的目光不时从笔端拿开，瞟一眼磨墨的丫鬟

多少年来，一个人的名字飘零于前清的药香
一本残破家谱所记载不详的部分
被一个诗人在文字的枯干上添枝加叶

若干年后，我们来到这条断流的小河上
刮开时间淤积的泥层
刮开战火，丧乱，盗墓贼的痕迹
看见他的墓碑镶嵌在一座乡村石桥上面
成为这座破败简陋的小石桥的一个部分

一位名动四方的前清药材富贾
他的体温和威仪就砌在这漫漶的乡村时光里
但我还是认出了他
只是在我的叹息声中，他一声不吭

石碑上，他煊赫的名字和生平
像一个遥远的朝代模糊得几乎无法辨认
不知从何时开始，被踩在牛的脚下，马的脚下
和一双双乡下人的泥脚丫下
散落的稻草，牛粪，层层叠叠的足印
将一个人一生的光耀一层层掩埋

桥下的小河裸出一堆堆卵石。当年
他就是从这儿坐一只破渡船
到对岸那四十里地的县城，掘下第一桶金

一辆马车在族谱里疾驰

做大事的人，芒刺在背
他牢记青松下的英雄托孤，最后那口血
在雪地上泼出一个字。所以

他要闯过放浪的春夜。孤胆系紧一辆马车
他要连夜把英雄的遗骨送回故里
那个拖鼻涕的孩子啊，在追杀中吓傻了
还有三箱兵书被乱云覆盖着
一个人的剑眉里阴沉着十万里河山

他懂得，春暖的月亮只是一个圈套
一路的青楼香风太软，夜宴的酒里有毒
红尘落在袖口，把凝固的血再三研磨出来
一道凌霄剑气只贯注在火星飞溅的马蹄声里
跑啊，要跑到寒鸦的脸上冒出新绿

春风里不可造次。倾斜的马车在暗器里纵驰
黄金一路掉落。他听见英雄的遗骨喊饿
远方的灯下，族人开始掐着时辰
在铺开的地图上，等着一颗雄心归来

在阳坡上

我的祖先
脸庞始终朝着向阳的这一面
在南坡上，筑居，耕读，祭祀，唱歌
从泥土和岩石的缝隙升起第一缕炊烟
从一本农历里挑回粮食和神恩

阳光以40度的身姿，斜躺在长坡上
我的先人阳气旺盛，像烈日下灌浆的谷物
暖湿的季风翻山越岭来到坡上
漫进那些咯咯作响的关节里，在倾斜的山地上
铺展开一个家族的灵魂地理

我的族长，眼睛逆着这迎风坡的脊背
像逆着一片片龙鳞，目光一点点往上延伸
一直延伸到雾岚和白云交接处
又一次次，不得不退下来

不得不站在低处认命，然后埋下头
领着一个家族在一部家谱里深耕细作
17代人的汗水血水泪水苦水，化研为墨
才在香字辈里，用正楷写出我的名字

一代代种地的人
在雷声中被一场宿命的大雨追撵
扛着从泥土里抠出的梦
像蚂蚁一样抱头四窜，又重新聚合
一只盘旋的鹞鹰，目睹了天空下的结局
当大雨消歇，我的亲人耗尽了阳气
总是随最后一颗落下的雨水，啪的一声
安息在坡地上的荒草里

古老的阳坡上
神明依旧分散居住在族人的岁月里
坡上唯一的响动是
一只松果沿着坡面滚下来，多少年了
还在滚着，还是没有来到我的手中

为祖父捡骨

他还在安睡
在一部家谱的中央安睡
他均匀的呼吸，安放着我的故乡
他从口中吐出的泥土，还没有冷却
在他收回的手指里，是斜阳下
他经过的山峦，旷野，河流，烟村
包括一座没有加冕的封地
从漳州府到盘古村
他走得只剩下一副骨头
今夜，他仰望的方向，星斗在继续倾斜
就像他在一幅氏族的地图里
被风吹弯了的躯体
他缄默着，像一行在疲惫中止步的脚印
安然接受岁月删繁就简的安排
那一刻，我的眼睛

替他流下了他忍住的泪水
就像古老的雨水洒落下来，回应着
一道血脉里横亘的闪电

酒镇来信

一

用一万个美人的美，酿出的酒
才叫美酒

今夜，酒是皇帝
从剑锋舞出的酒娘，是我最宠爱的妃子

酒在，诗就在
我把前朝的白云，统统摁在地上

痛饮啊，杯盏里有一万里江山
我左手端起楚国，右手放下长安

二

酒里住着青山和碧溪，住着旧事

酒流眼泪，只给我一个人看见

五谷发酵出的族谱里，有一条酒的河
有我的桨声深沉

月亮帮我守护祖传的酿酒秘方
酒香最深处，是五百年纯正的家风

我只和我酿的美酒对饮
老酒窖里，每一缸陈酒全是我的亲人

三

落雪时，我在温酒
温一个人五百里寂静的黄昏

酒暖时，新填的词也暖了
小炉里的炭火在闲聊，有一搭没一搭

在等待中，我刚想写到梅花
窗外的梅花，在酒香里一下全开了

一匹马从去年那场初雪来到了小木屋前
那马蹄声里，有两个人的山高水长

只有桂花还飘散着旧日子的味道

秋天放下恩怨
桂花哎的一声，不知不觉就开了
城南就旧得像一策闲逸的书卷了
在今夜
只有桂花还飘散着旧日子的味道
慢慢的香气，雅雅的香气
像一个旧时代的读书女子
在木窗下，低头写的情书
在今夜
只有桂花还在抚慰一件褪色的旗袍
远远的香气，近近的香气
马路睡了，往事也睡了，但桂花还没睡
桂花有平常心
桂花的气息，是一声：书生呐，晚安

坐井观天

井底之蛙，在一口千年老井
坐井观天

这口井，是这只千年老蛙
从一句成语的背阴处挖出来的
在枯坐里，它望着三尺井口上的
天空，流云，霓霞，雷电
和一双鹰翅上的阴晴雨雪

它拿一口古井
做长筒望远镜，看风云聚合，人气升腾
看一个死人的魂灵弯弯曲曲飘往西天
看一只狗跑到天上去偷吃月亮
看天幕的一颗星星，螺丝已经松动

偶尔，它看见了直插云霄的高楼

在一扇窗口，有人从雾霾里探出一颗头来
它看见鹰，像纸做一样的小蜻蜓
一忽儿躲在风云里，一忽儿又被风云逼出来

借一只井眼
它看见了天，也看见了天里的气
这千年的井底之蛙，把天看小

广西的黄昏是如此缓慢而诚实

广西的黄昏，是如此缓慢而诚实
从我掌心起伏的丘陵向大海边推进
恍若迟来的爱，一点点回收时间的绳子
那盘桓于骆越记忆的光线，落在木薯地里
修正着一个布洛陀后人劳作的节奏
在一辆五菱汽车的后视镜里
夕光一路带走红河，桉树，墓园，和山歌
一只鸟的剪影，把东南亚吹来的风拉直
它把天上的壮锦也分给了沿途的新娘
当边疆的暮云把一只烧红的铜鼓扔进海里
我听见了一颗偏远省份的心
再次淬火时，发出沉闷的声响
那个赭红的神明累了，从花山岩画走下来
向薄暮中的旅人打听一列早班高铁的消息
在荔枝树熄灭的火焰里，坡地上的晚星
用柔软的舌尖渐次舔破了广西幽蓝的天穹

是时，八桂大地，亲人安歇
在夜风里，那个重修族谱的人
他还在天琴的缺页断线处，写写，停停

中渡之渡

江南不去了，我要去中渡
要从一个古镇找回我的前世
旧码头上，我换上青衫就成了书生
就可以爱那个洗衣少女
水花吃吃笑。她的羞涩令流水停了五秒

古城墙垒砌着一截闲逸的繁体时光
青石板路铺开了绝句的韵脚
这散淡的民居，商号，会馆，客栈
随我一路，走一步，三回头
中渡的雨天不必撑伞。倘若下雨
我恰好是千里赴约的一颗雨珠
从青砖灰瓦间赎回当年的容颜

摩崖石刻里，有人在捞一朵莲花
鹰山石嘴上，是谁俯视着苍茫云水间

但香桥在等我，着急的鹿鸣
呦呦，替我的浮生开出三两枝鹿茸
和家宴在清朝的落霞那边早开席了
我用三两轻风换来一壶米酒
微醺时，愣是在关公门前要起大刀

这线装的夜色里，月亮依旧在天上磨豆腐
在洛江岸边，我和江心的鱼儿一样
于往与返、进与退的渡中踌躇着
我问古榕，可否用一册神仙的光阴渡我
而它的根，从我的脚下顺着老河床
早已悄无声息潜到了对岸

响水瀑布

一条江水，要扼杀多少杂尘和欲念
才能在一路奔流中安守如许清澈
当洛清江流到响水瀑布
我看见一个古代英雄的泪水倾流
轰轰作响的泪水
那是吼叫，是痛哭，是欢笑
是一个披头散发的亲人
把我心中囚禁的激流，猛然释放出来

响水瀑布，洛清江最响亮的章节
在桂中大地上踏节而歌。更准确的描述是
它用从身体深处挖掘出来的鼓点，雷鸣
把自己的名字喊出来
把岸边的草木，作物，飞鸟
和一个个劳作的影子，也一并喊出来
像虚空中滚石的巨响，延绵不绝

这让我相信——神祇未死，人间有龙
千万年了，它似乎在等待着
水边这一首诗的有力回应

如果说
我期待加入一条河流的山地合唱
期待成为其中的一朵音符
唯一的理由，那肯定是——
我决意像响水瀑布一样
在层层叠叠的险滩里前行，依然保持着清流
依然保持着灵魂坚定的发声

爱鹿说

内心仇怨、龌龊的人
请不要触碰它们
每一只鹿的眼里，都潜流着一条清溪

它们像我的孩子
岁月的光线，要在这鹿群的身上
画一朵朵梅花，分不出新梅和落梅

迟疑的小鹿，我要你奔跑，跳跃
请撞开我灵魂的木栅栏
用受伤的青草，去认领我幸福的乳名

恋爱里的青山，紧搂着这鹿的家园
在鹿鸣谷，有一只幼鹿朝谷口鸣叫着
胆怯而热切，那是我体内发出的颤音

爱莲说

万亩荷海飞卷起下伦的名字
一万个游人，是一万朵浪花
但我只注目于红莲上的一只蜻蜓
它菲薄透明的翅膀
左侧是光阴，右侧是乡愁

风吹来，万亩荷叶翻动着千年诗书
最精彩的那一页，是《爱莲说》
是的，要一直爱下去
就像住在莲蓬里的莲子妹妹
爱着下伦，爱着万顷清风
爱着一个爱莲的青年才俊

蛙声里藏着下伦方言，此刻如鼓涌起
催促着还乡途中那人的脚步
水波中摇晃的浮萍，用一缕藕丝

把风吹雨打的一生系在了荷根

是谁从一万亩荷叶的梦里
取出一瓢荫凉，去过滤内心的炽盛
一个人，要用这万亩荷香
煮一壶茶，跟新结交的鱼儿漫饮
直到日落时，鱼鳃流出他的乳名

挖藕的农人站在荷塘里
他的双脚早已变成了荷茎
用清水洗净的藕，还原了洁玉之身
藕眼不染一丝污泥，她一直在望着
——下伦，下伦

在晚霞中回家的下伦

下伦的天空
晚霞怒放出一万亩红莲
不紧不慢的美
时光迟迟不肯转身

那个名叫莲的女子
用一万亩的莲花做了嫁妆
安安静静的美
要和晚霞认作姊妹

夕光还在打捞鸟的翅影
清风还在修剪莲的乡愁
一万亩荷香半开着梦，梦里
天上一个下伦，地上一个下伦

下伦之夜

揖别月亮之后
我和莲花在清风里，还要彻夜长谈
谈到下半夜，有一句，没一句
夜露重时，荷叶给我加一件薄衫
蛙鸣陪我一起失眠
那穿越莲子的声音，是恒久不变的——
古，古，古……
晚星是我的故人，他们还在荷塘里沐浴
在泥土深处，玉藕都熟睡了
一节一节地，仿佛替我伸展疲惫的关节
夜色如此透明，那是爱在轻鼾中的梦呓
亲爱的下伦，一万亩的荷香太多了
我要分成三份
一份给四周的青山
一份给荷下的涟漪
一份给深夜为莲写诗的人

两颗相爱的子弹

废弃的火柴厂

我来到这个废弃的火柴厂
不是想用手电筒
和一群被惊扰的蝙蝠交谈

我只想在灰尘翻动的时光里
找到一根火柴
一根三十年前土头土脑的火柴

我臆想着它还能够被划燃
有松木的香味
在幽远的暗光里吱吱作响，像父亲
当年捋起界线分明的黑头发的声音

那是时间档案里的最后一朵火苗
照见了一张旧生活素朴的脸
那是火柴盒上的火花图案

是粗糙的版画刻下的爱情曲线
青年和劳动，全部献给了火光的美和尊严

我是被黑暗擦亮的一粒火星
但是，那三十年前的磷纸
早已潮湿，在灰尘里软软地破碎
一次次，无力点燃
岁月骨头里的一缕微光，我一次次熄灭地叹息

哦，给我一盒火柴，又有什么用呢
在这个废弃的火柴厂里
我的手指，像十根虚胖的火柴
它们嗫嚅着，那集体的
嗫嚅，被火柴厂一片深沉的暗影吞噬

山区阴雨天气里的铁塔

那时，我们在傍晚的木楼里
谈论着杉树，水塘，早稻。在偶然的一瞥里
我从木窗看见了对面山顶上的电力铁塔
它高高耸立于山区的阴雨天气
三角形，空心的铁建筑，推开了黄昏的雨雾
把天空压下来
浓雾中的六根高压电线
带着倾斜的电流，以四十度的坡度
向那边的矮岭俯冲过去
像一只被撕掉翅膀的大鸟，带着黄昏俯冲过去
在滑翔中，把山下的溪水、树冠、蛙鸣提到了高空
又丢回原处
那山岭之间绵延的电线杆，接应着它们
向着白蒙蒙的雨雾那边远去

回忆一次雪地里的追捕

雪终于静止了，山上的树林开始显出羞涩的一面
光秃秃的树枝有几何学的美
但我们只顾着喘气
五个人，按照条例的队形走在雪地上
像一群猎犬，警惕地嗅着远处猎物的气味
被踩断的枯枝，在靴底发出奇怪的声响

一只鸟飞起来，它想把单薄的阳光偷偷带走
我们没有注意：先前那些鸟散乱飞行的线条
被冰冻在亮晃晃的天空上。我们的枪挎在肩上
只要有一丝风吹过，出枪的标准动作一瞬间就能完成

雪地里安静无比，像牧师在平安夜刚刚做完弥撒
雪水在靴子里吱吱响。雪的反光逼进我们空空的胃里
有人很小声哭了起来，像诡异的乌鸦
但我若无其事地摆弄着那架老相机

明年的春季，比利时将有一个业余摄影比赛展

这几乎是上帝安排的光。完美的雪，山冈，森林
山下的湖水是一个波兰少女的眼睛
我只需要停一停，只需要一个新美学的角度
但有人拍了拍我的肩膀
我本能耸了耸肩上的枪，跟着大伙儿继续走

傍晚，又糟糕地下起了雪。我们的骨头几乎没有了热量
在阴冷的槭树下，我们小憩，撒尿，大口大口抽烟
维嘉的照片就是那时丢失在雪地里的
那只是一片落叶。那时，维嘉在没有炉火的破木屋里
像一条蜷缩的瘦猫。那几天，她两次梦见
我被树林里的子弹，准确地击穿脑袋

午夜，我们深一脚浅一脚，终于走到了山下的小镇
在一部手摇电话机里，他们告诉我们
在我们昨天经过的悬崖，那个携枪的出逃者已坠崖而亡
当追捕目标彻底消失，那时，我几乎崩溃了
当晚，我在日记里写的最后一句是
“七天来，我们在雪地里的脚印，一直在跟踪我们”

我的体内暗藏着一列军列

那是我体内的军列，哐当一下就冲出命运的豁口
一个人站在钢铁上面，向着托乌卡山谷那边的闪电进发
乌亮的头发激流一样冲垮了爱情
那是一个坚毅的火车头，浓烟虚化了不确定的远方
那是坦克一样的脸廓，扬起了年轻的加农炮
我还记得，一双眼睛凝望着前线的天空
像暗燃的火光，灼烧在一个版画家刻出的肖像里

后来我一直想，我早年那列军列到底去了哪里
今夜的梦里，一艘疏浚船在我淤塞的体内挖掘
那列在时间里失踪了三十年的军列
从一层层淤泥和垃圾中终于浮露出来，像失忆的古董
那些曾经如此执拗有力的机械部件，骨节一般散落
呛出连我自己都厌恶的铁锈腥味

现在，一列锈蚀的军列横在眼前，变成我近身的敌人
我羞愧地嗫嚅着——一个灵魂的
被俘者，确实被岁月摁死在了漫长、寂寞的铁轨上

拉卓被自己的影子彻底暴露

拉卓，是快速电梯，被拉卓反复乘坐。强光下
拉卓被自己的影子彻底暴露。在火红的房间
或者梦中的吊塔上，拉卓指着她的影子说
这是：布袋熊，香肠，钢锉，洗发水
穿睡衣的拉卓，有穿孕妇装的感觉。她把
调光灯调小，再调小，直到像欲望的眼神一样熄灭
被暗光吞没的拉卓，不是消灭影子，她是用黑暗
把影子逼回了身上，统一成一个全称的拉卓

海湾里的拉卓，是一行小字幕

失恋的拉卓，一个人，在大海里游泳
像下午六点的时针。急速的电铃声
从海底涌起来。海面的拉卓，像播放不流畅的
惊悚镜头。情色的泳衣，在燃烧
那是一条反自然的海豚。而拉卓更愿意
待在房间，酒吧，或奢侈品店。用水果刀
切开热狗，这是拉卓拿手的双重隐喻
在望远镜里，海湾里的拉卓，是一行小字幕
打在巨大的蓝色宽银幕里

《福尔摩斯探案集》，第128页

《福尔摩斯探案集》，第128页
有一个1991年的三角折页
这是我在阅读过程里的一次偶然中断
仿佛一把老式转轮手枪里，卡住的子弹

今天，2014年，春夜
我在书房里再次邂逅老福尔摩斯
在一只不冒烟的烟斗里，我的阅读
接续起20多年前的惊悚情节

但这些，已在现实中完全失效
当我手持福尔摩斯的
放大镜，试图跨过1991年这个小小的折页
哦——
时间在反推理，阴谋顶住了逻辑
福尔摩斯的猎鹿帽，露出了狩猎者的

破绽——
这二十多年里，我在恋爱，谋业，应酬，升迁
和可疑的人一一握手，浑然忘却了
第128页里的追捕目标

华生，这个福尔摩斯的忠实助手
一直在第129页里
等我，像等着从街灯里回家的一只英国手杖
他在这个旧折页里，一直大吵大嚷——
“犯罪还在继续，正义没有停止”

但128页以后的结局，已被时间多次涂改
像福尔摩斯远去的背影一样模糊

群山之间的葬礼

群山内部，在岩石之间的那五尺窄地
我们刚刚把一场葬礼完成
一个人卑微的一生
安置在石子和泥土交混的薄地下
那石头夹缝里的墓穴，像一个新开的伤口
更像他野芒草般的前生，被命运锁在收缩的身影里
但我们把一座坟墓垒成了山的形状
让他低矮的个子高起来
让他终于壮起胆，面对着山下开阔的大地
在这里，他可以俯瞰流水，仰望天空
更多的时候是，看见一个个人像他一样趔趄走来
被一根草绳绊倒，再也爬不起来
当我们把他潦草的一生安排完毕
那时，又红又圆的落日浑如巨大的罗盘
坐在我们的头顶

淤滞的夕辉在满山的石头之间搜寻
那光线的尺子丈量着时间的阴影，蜂鸣一样微响着
似乎也在为我们寻找一个恰当的归属

罪与罚

夕阳晚祷的时辰，万物在思过
众山把自己移进阴影里，暗自垂首
秋天开始算账
在落果的尖叫里，向从前的一朵孽花讨债
爱情势单力薄，从逃荒的钟声里
翻找一张多年前失踪的面孔
河水倾斜着身子，一路磕磕碰碰流去
它急于跳进大海，要把自己的一生洗白
而曾剪掉过一只蜻蜓翅膀的人
在晚风里，不知所措
他看见一只羊还在草地上吞噬着光影
那羊，把牧羊鞭的闪电弯成了犄角
用一生的哀苦，去舔舐阴坡上的野草

常态化的一天

他有一个人的广播体操，和集体一起分享
然后，阅文，开会，指示，打电话，用蓝玻璃窗户放大远方的天空
在堆积如山的材料里，他像是一只隐身的鲨鱼在温吞吞的水里游动
孤崖之鹰在他的微信里飞翔，那是必须的，但他也只是一只旧城的
　麻雀
在职业和诗歌的导航里，为缺了半只耳朵的小白云嘿嘿咳了两声
这次，他要收好了笔记本，才让你们远道来访
尝尝，他沏的这一壶新茶里，是明前清香，是沧海一声笑

巴马命河

我们沿河散步
往那个命字缓慢走去
那个命，是千万年流水的狂草
一个五岁男孩不停追问
命呢？命在哪里？
我们都看不见命
只看见从容的流水
从时间的左鳃流过右鳃
只看见一条条鱼
一下沉下去，一下浮起来

射雕英雄

——献给金庸大侠的挽歌

射雕英雄死了
我记得他引弓的姿势
朔风在弦上飒飒作响
而猛雕还在天上
还在我们头顶高高盘旋
而我早已退身江湖
藏弓已久
全然忘了射雕的秘诀
那猛雕终于耐不住性子
它一头俯冲下来
手把手教我修好一把破弓

摸鱼记

在人间
只有你，陪我在冷水中摸鱼
摸——
一条在梦里逃脱的鱼
有时我摸到的是几颗田螺
有时我摸到的是一条水蛇
把我笨拙的手腕咬伤
但我从未摸起过一条鱼
在浑浊刺骨的水里
只有你，用柔滑的手扮演那条鱼
在我手指边沿轻轻游走
只有你，用鱼的哭声安慰我
让一个绝望的游戏
一直坚持到今天

两颗相爱的子弹

两颗子弹
在黑暗的弹匣里，偷偷相爱
在军规里私恋的一对
多少次，苦苦想象着对方的模样
爱的冲动，和一个年轻持枪者的冲动
保持着青春期的一致性

在一个警惕的黑夜里
它们从突击步枪的枪口遽然飞出
把杂乱的夜色拉直成一条线
哦，那是放开翅膀的爱情旅行
但太短暂了。一次渴求了很久的蜜月
在抵达一个敌人的身体里时
一下就闷声结束了

当两颗子弹当的一声落到手术盘上
在爱和血的混合气息里
它们，终于第一次看到了彼此的模样
两颗受伤的子弹，在陌生的无影灯下
同时发出了咦的一声

我没有杀死恺撒

我没有杀死恺撒
我只杀死了一只拐腿青蛙
今夜，小朵要乘海筏来
要带埃及皇后的珠宝盒来
我没碰着恺撒的一根毛，反把刀子弄丢了
我放倒消息树，坐在恺撒坐过的树桩上
用罗马字母修改过时的情书

一个人的春夜

在窗前，暮色落到他空着的手
他想把一生的苍茫
赶进这乍暖还寒的万家灯火里
远处的那边，也是春雨霏霏，也是花香隐约
有人在灯下，疯狂地把一万个零相加
期待着结果等于一
那期待的一，是他此刻蹙起的眉毛

暖　冬

南方没有大雪，也没有小雪
他像故乡的一块荒田，显得如此空洞，茫然
在没有严寒逼迫的暖冬
他身体里的害虫越来越多，多得像亲人一样
这些虫子再次顶住了今年的小霜冻
而它们在暗地里嘲笑
他对一场大雪虚情假意的渴望
他呐，只是跟随俗世爬动的一条老虫
和这群害虫一样，他靠一次次装死
一次次安然过冬

春天：大街上的四小天鹅

四小天鹅，在天鹅湖的晶蓝里游弋
——春天啊，请慢一点
我想让时光更久注目于她们的快乐和纯洁
而一支舞曲随追光停下来了。她们，喘着气
麻利地脱下了芭蕾舞鞋。当一场大幕合拢后
四小天鹅，旋即现身在尘嚣浮动的大街上
——春天啊，请再慢一点
四小天鹅，四个美丽的女中学生
舞步的节奏还在敲击着腿骨。她们一路经过
宾馆，药店，大超市，写字楼，证券中心，金融大楼
这些橱窗里的街景，似一个个纪录片镜头
自瘦削的肩胛平行退去
那片天鹅湖渐远了，像被重音吹走的羽毛
现在，她们要将租借的道具

还给那家演出服务公司，还给一个胖女人
当四个少女交出一双天使的翅膀
我看见她们的脸上，还残留着舞台上的兴奋和愉悦

读拳王传记

他从小爱在肮脏的贫民窟里打架，一路打过来
把一个世界打翻在地。在铁拳下
是牙齿吞回肚里，是不敢抹一抹嘴角屈辱的血
嘭嘭嘭嘭，残酷的冰雹，击穿我的金属雨棚
一个强力的公牛，有白森森的牙齿
在我的面前，肌肉颤抖着，像法律一样坚硬
铁拳的飞舞，是胜利者尖叫的旗帜
瞧瞧，当裁判数到第十下，手势也变成了V字
在文字的暴力里，这几乎是我杜撰的
一个内心的拳王传记。在另一场虚拟的争霸赛里
我伪装成一个孩子，在他丢弃的拳击手套里
享受着被一拳击倒的快感
我无耻地趴着，像宠物狗一样趴着。这是
在一双黑色拳头震慑下，一种踏实的安全感

但我还是渴望他挥出最重的一拳
也是最后的一拳
从我被击垮的灵魂里，把一个新拳王逼出来

用百度搜索刘频

在百度里
我搜索到37个刘频
“他们各有各的幸福，各有各的不幸”
我是其中的一个
我是在百度里，唯一写诗的一个
在夏秋之交的夜晚
我把我和他们，同时翻出来
37个刘频，在不同的牌局里喘气
等着一张好牌

和一只灯泡里的电交谈

在深夜的书房
我突然注意到一盏台灯里的电
我没睡，它红着眼睛也没睡
它被关在一只透明的灯泡里
像一个哀伤的囚徒
隔着一层薄薄的玻璃
我第一次，和它交谈

它原来的名字不是电
它的故乡
在一千多公里以外
一座水电站下面的河流
它是那条河流里的一滴水
一滴赭红色的水
像年轻的血一样的颜色
一条鱼，是它的恋人

每天，它们都在激流中亲吻

当一觉醒来，它不知道
是怎么来到了一个城市里
来到了这只灯泡里
——是的，它想念那河
它想翻山越岭回故乡
但这要经过无数的
电线，电缆，变压器，铁塔
监控屏幕，数字表格，终端程序
任何一只鼠标，按钮，电闸
包括我书房的一只小开关
都可以一瞬间切断它的归路

一滴被迫燃烧的水
它现在是电，交流电，220伏
它以光的形式
出现在今夜我安静的书房
在灯泡的钨丝里
轻微地颤动着，跟我交谈

诗歌访谈

矛盾
复杂
像一条淡水鱼，被语言摁进生活咸涩的大海
这就是他的分行文字

如果时代的巨轮再慢一点，就会
看到他被掏空的阴影
而海腥味——那是
习惯性的愤怒，无奈

他的词，是新海洋的一部分，是一颗羞耻的盐粒
在沸腾的海水里，他没有被煮熟
他只是一路拖着淡淡的血水
模仿一抹古代的残红

在轻喜剧制作的黄昏里
他用心灵几何学，去炮击一条坚定的航线
大海的回馈
只是一片技艺的残片

那时间的量杯里，人性的泡沫翻滚着波涛
这就是他的诗歌。每一个诗句
都是从急剧抖动的网眼里
逃生的鱼

两个刘频

我在柳州写诗
关注人间生活
他在徐州摆弄镭射望远镜
仰望万里星空
我从百度偶然搜到他
这个徐州的刘频
是个天文爱好者
有时我想
如果两个刘频一起喝酒
要想不吵架
我不能谈地上的人生
他不能谈天空的星辰
我们要谈就谈
两个城市共同的骄傲
那就是顶呱呱的工程机械
我们要谈就谈

恐龙一样的挖掘机
挖到地下一百米
还要继续挖下去的劲头
让一座大楼的地基
把星空和诗歌
统统压到深深的地下

翻　墙

“一切的一，常在欢唱”
李浦仁副教授，声嘶力竭
一首郭沫若的《凤凰涅槃》
在他浓重的江西口音里
总是把“欢唱”念成了“翻墙”

对，欢唱就是翻墙
大二那年，我十七岁
青春是我挎在腰间的一枚手雷
我一次次大胆翻过大学围墙
去墙外的湖边写诗，去偷会邻校的女友
那个电子工业学院的女生
她的头发有昆明早春的气息

在夕霞里，我们手牵手散步
我们大声喊给世界听——

“一的一切，常在翻墙”

多少年过去了
我困在现实的一重重围墙里
怀想着1980年的凤凰涅槃
一个早已失去翻墙勇气的中年人
在俗世中，像一只被剥光毛的鸟

万物都成了我们的抒情对象

世界为我们准备了故乡，盐粒，果园，闪电
为我们准备了稻米，房屋，母语，道路
亲爱的，我们只需怀揣着爱，和树枝上的苦难
就可以赶赴自由的山冈，参加春天的合唱

那边，河流在加深，潮湿的森林在工作
天空从岩石的肉体中，撕开了亲人的蓝色
我们把毕生的诗歌，把祖国的善良
分给了母亲，分给了跟我们一路小跑的花朵

再见了，那些在切割玻璃时流下的血滴
再见了，那些为心灵而失节的忧伤泪水
从爱情的喷泉，涌出了黑暗中的建筑
使我们有勇气和铜像一起，幸福地哭泣

看，金色的树梢上，摇动着神明的七颗晚星

大地的树根，从美德钻进了我们的脚心
春天的摇篮为世界准备了万物，亲爱的
万物都成了我们的抒情对象，成了我们自己

那一刻
让大地在我们广袤的灵魂中漫游，歇息
当暴躁的海水，湮没了往日的山冈
让我们站在滚滚波涛之上，平静地打开死亡的封面

侧光里的写作

一棵侧光的树上，发动机还在响
那是我写诗的声音
一个语言的低烧者，四十年了
以一张白纸为家
从蜂蜜里取出一滴被蜇伤的爱
去滋润一颗无处收留的心
一个人孤单地
把一面镜子从文字里翻转过来
每写完一首诗，我像出院的病人
拍打着头上稀薄的光线
我需要失忆，才能唤醒落日里的灰尘
我写的诗越来越简短，安静
有如被黄昏一点点收缩的树影
在湖水的反光里，我是木讷的低语者

卸下了身上的分针和秒针
只留下缓慢的时针，那是岁月的虚线
衔接起一缕舔破苍穹的星光

雪夜，群山没有野心

春天，像一列心急火燎的绿皮火车开来了

春天啊，把杨树上的空鸟巢改造成了民宿
囡囡呢，把简笔画上闲置了一冬的梯子，转了个角度
就变成了铁轨。她要带一朵花蕾去旅行了

钟表匠的发条和齿轮都长出了叶子
失语的少女羞红着脸，说出了被石头压在舌根的
——幸福的秘密。而我
顺着一寸一寸加宽的春水宽恕了河岸

春天啊，真的像一列心急火燎的绿皮火车开来了
那么的干脆，没留下一截冬天的短尾巴
我也不再需要撞身取暖，就可以独自飞起来了
是我的诗歌在飞，是春风还给了它翅膀

这里，连湖水都在侧耳倾听着四周的爆青
那个在人世间感到无路可走的人
在阳光下揉了揉眼睛
从一条死去活来的柳枝上，寻到了新的出路

爱是看到了你眼中的星星

亲爱的
爱是看到了你眼中的星星
是神明，让满天繁星退到了时间之外
只剩下这颗爱的星星
在你的眼睛里，抚照着我的名字
我们凝视着，用永恒的心凝视着
这一刻
像黑暗的深海里突然打开了灯
那是战栗的灯，是神明的赠予
我们像前世那样拥吻着，呢喃着
亲爱的，世界全部是你
是你的头发，你的脸颊，你的唇，你的心
那古老的芬芳用雪崩的速度
弥漫在爱的灵魂最深的地方

这一刻，我的爱人星光灿烂
那是幸福的语无伦次，爱的至美
今夜，我把一生的光，还给神明的女儿

班露来信

我开着一列老火车，像敌人一样
惊恐地跑
车皮里装满了前线的弹药

一架飞机追上来，飞得很低
和火车保持着一样的速度
在呜呜呜的引擎声里
我甚至看见了飞行员那狰狞的脸

我估计他要扔炸弹了，或者用机枪扫射
但这些都没有发生
这架飞机贴着火车头飞了一百公里
我咬着牙，恨不得把那个飞行员揪下来

他突然从驾驶舱里探出头
大声喊道——“你的信！”

他把一封信，迅速扔进了火车头里

哦，这是班露的来信，第一句是
“亲爱的，春天好！战争结束了，你什么时候回来？”

在傍晚和父母谈起旧日子

在傍晚的落霞里，我和父母
又谈起了20世纪70年代那些琐碎的旧事，譬如
肉票，卡其布，三转一响，一部看了又看的电影
它们如一个个故人从远处走来
亲切地进入晚饭后的话题里面

我记得过年以前，哥哥老是没完没了地劈柴
在院子里，他用斧子一样锋利的目光
盯着一筒枞木，瞅准它的纹路
然后，用16岁的爆发力猛劈下去。那些年
清苦的岁月像柴垛一样码得整整齐齐
在屋前那块空地，一架长势旺盛的丝瓜
每天在洗衣服的肥皂水浇灌下，鲜黄的花朵
爬满了计划经济时代的肩膀
蜜蜂嗡嗡地歌唱，给单调的季节带来了生气

那时，一辆凤凰牌单车，让一个开始发育的孩子
提前进入了欢乐的机械化时代
在太阳落山的时候，我常常猛踩脚踏
哼着歌，风也似地飞上寂静的公路
有时我把单车支在树下，沉入无边无际的幻想

父母总是用一种感恩的语气
谈起那些现在已经长眠地下的好人
谈起在艰难时世里他们的正直善良和古道热肠
感慨和他们曾经共事，是人生的一种福气

晚饭后适合怀旧
那些旧日子犹如在白昼里隐匿的星星
一到傍晚又一颗一颗映现在遥远的天幕
每一次谈起它们，父母的脸上总是荡漾着一层幸福

去看紫荆花的路上

在早春的路上，一对盲人夫妇
向我打听市民广场怎么走
他们相携而行，要跟十万朵紫荆花相约
要在一株爱恋中的紫荆花树下
拍一张今生最美的照片。我相信
他们的耳朵能够听见紫荆花的呼吸
他们的心，能够看到紫荆花的梦
在他们一脸单纯的快乐里
我比划的手势几乎是多余的
一条紫荆花的河流在等着他们
一场春天的大合唱在等着他们
粉色的、紫色的、白色的花朵
如一只只轻柔的蝴蝶飞落身上
每一朵紫荆花，仿佛都是他们的亲戚

万顷春光，给一片遐想让出一条路来
他们羞怯的背影
牵引着春日的和风，一路走走停停

今晚，他要开始练习没有语言的生活

晚风啊，请送一送他
给他一条宽阔的路，给他一路的玉兰香
这个爱上了一个哑少女的青年，今晚
骑上电瓶车，要去参加一个手语培训班

是的，他要开始练习没有语言的生活
让手学会说话，只说给一个人听
他干净的衣领，和梳过的头发
请不要被夏夜的灯光搅乱
让他在未来的日子里
也像今晚这样，保持着火热和英俊

这一路饶舌的夜世界啊，请停止三秒的喧嚣
请让他和后座的那个哑少女——
那个打算陪他一生的哑少女
在静默的爱里，感受着三秒的心跳

柔软的晚风啊，你要一路送他到底
一个哑语培训班，太偏太远了
在那个简陋的教室里
他想学的第一个哑语手势是——
爱

雪夜，群山没有野心

在雪夜，万物俯下腰身，群山没有野心
在雪的覆盖里，我和每一棵树都失去了区别
那是多么细致的静，时间比松针还小
唯独溪流深处的鱼
用祖传的经验，还在水中烤火
一切是黑暗的，黑暗有真理虚幻的美
我的爱在继续，我只想在一只鼹鼠的巢穴里
秘密交换我内心的炉火
那入冬以来的兽类，诸鸟和昆虫
在我的晚安里一直昏昏睡熟
我答应替它们照看好那批过冬的粮食
正如十年前被我伤害的那只猛兽，答应对我不再记仇
现在，我要学习那些消失的野花和草
把世俗的恋情，挽留在时光坚韧的根部
在被黑暗过滤出的安谧里，我不能赞美
当我赞美，我就是群山里多余的部分

在晚风吹拂的山道散步

晚风吹来，万物安歇
在内敛的山中
叶脉浸出夜色，爱一样柔软
黑暗合上了神明的叹息。此刻
我只要花香和虫鸣，陪我散步

在向上的山道上
我想挽留一个夜跑青年的影子
但他最终远去，消失
仿佛隐入了桉树克制的年轮

我在湿润的晚露里慢慢走着
走得只剩下自己，只剩下路
溪水在流，怀抱秘密
我的鱼篓，已在往日的激流里腐烂

终于走到了山顶
我望着山下的残败灯影，浮在人间
那是早年一位亲人
在地下孵出的萤火虫

想念柳江下游的两个老朋友

在我的下游
有两个老朋友
一个在梧州，喜欢爬白云山看云
一个在广州，喜欢在商品中散步
西江边上的是盘妙彬
珠江边上的是杨克
我想他们时就像江水一路而下，流到他们的屋顶
有时我闲来无事，就敲着柳江水面，问他们
——喂，看云的，散步的，吃饭了没有

夜宿九万大山

今夜
我服从群山的安排
放下尘世的一切俗事
让劳顿的身躯像九万大山一样
从西北向东南方向倾斜
让74条河流的源头
从我的耳朵涌出
然后分岔，走远

在古老的星光下面
我睡在原始森林的静默里
倾听着巨树年轮里古老的慈恩
那时，万物交融的声音正翻越夜色
我的掌纹缓缓延展着一条山脉
风吹来，在夜鸟的啼声里
是谁还在辨认着苍茫的血缘

今夜
我的梦散发出荒莽气息
一群夜行动物，列队走过了
我绵延的脊背

在泰山上

在泰山上
有一片黄叶，从我头顶飘落下来
在一片落叶的叶脉里
隐藏着泰山的真实地理
一轮斜阳落到了我的左耳
鲁国小得像孔子的一声叹息
我默听着秋天一步步下山
直到头上的一片白云，把泰山也带走了
在一缕凉风里
我和万物学会了互相尊重，和解
此时，放眼身外，天下皆秋

一只蜻蜓停在大象背部

一只蜻蜓停在大象背部
像辽阔的国度安放一架私人飞机
这时阳光垂直照耀，清晰透明
视野里，一双渺小的翅膀都不被忽视
大象的步伐，分开万物
带着一只蜻蜓缓步深入亚热带广大地区
这时，如果一只蜻蜓展开翅膀
同样可以载着一头大象
上升到天空

一个中年妇女在秋日的桂花树下，安静地打手机

桂花的气息像午睡的教堂

但没有教堂，只有一个美丽的中年妇女
在秋日的桂花树下，安静地打手机
安静这个词，就是她此刻的样子
她仰起雅致的脸，她的微笑和桂花连在一起
回到了秋天的民国
但没有民国，只有树旁的汽车河流轰鸣而过

此刻的中国，是安静的

指纹锁

它像恋人一样
每天阅读我的指纹，舔舐我指纹上的汗味和灰尘
它接受了我那根受伤的丑陋手指
宽恕了我指纹上错误的爱情，甚至
那些细小的罪愆印痕
它尊重一个诗人开门的手势和习惯
指头上那个宿命的漩涡，常常让我惶惑、迟疑
亲爱的指纹锁，它像鼓励孩子一样鼓励我
用诗歌的体温去挨近，去打开一扇从未打开过的
冰冷的铁门
当一根手指成为钥匙，我发现
被我冷遇的生活，有着温情的一面

逆光中的灰尘

世界可以无限大起来，譬如建筑，文字，嚎叫
甚至一只昆虫，也可能被野心放大成一头猛兽
而一粒粒灰尘，则逆着岁月的剃刀
无限地小下去。它们用命运
一再削去身心多余的部分，直至比光丝还轻
当我看见这些灰尘时，它们不再姓灰
不再用灰调子去抱怨这肌肉鼓凸的世界
那么多的尘埃，都是从我心里逃出来的
在向晚的逆光里，那是裹着金箔的飞翔
如此细微的翅膀，比一声叹息的尾音还小
小到它们看不见自己，只看见夕阳还在播撒火种
在光和一缕细风的挽留中
它们不肯坠落，不放弃这晚照里的集体舞
此刻，我曾写下的那些灰扑扑的诗歌

一步步追撵上这些金色的尘埃
我想让最小的那粒，融入我冰凉的眼睛
以此减轻一滴浊泪的重量

春天的献词

我承认，这个世界还有残缺
铜灯还在维修，英雄还在疗伤
坏人混在圣使中间，和众人共进晚餐
即便如此
和羔羊讲狼的故事，也是有罪的

请把手放回心口。请相信
我诗中的世界是幸福的
那是春天，用苏醒的爱打开了铁窗户
那是牧羊人，用青草绘出的新画册
从那里开始
请随河流一起，给苏醒的万物重新命名
请在鹰的眼中，跟乌云拼抢来世的闪电
请相信，我诗中的幸福是柔软的
那是钟声，一路收容走失的花朵
那是泪水，转身成一个穆静的修女

如果黑暗，还淤积在我们犹疑的心间
就点亮一支蜡烛
一步步地，照亮通往黎明的小路
如果那个骑马的情敌，还在和我们争夺美
就放过他，请和他一同去分享
这个世界的玫瑰和灰尘

用一片红枫叶写给秋天的信

请告诉岁月，一个人
还在用飘落的枫叶写信
写给韶光，写给秋风，写给未来
在霜降时节，生命被还原成绚烂的色彩
一个人的明月还在，清风还在
一颗眺望远方的心，依然还在
老去的只是沧桑和浮云
昨日的风，吹走的只是镜中的尘埃

请告诉心灵，一个人
还在用秋天的臂弯去拥抱，去深爱
爱着散步的阳光，爱着南飞的雁阵
当一个人，最终让一生的爱与恨和解
所有的幸福，都流成了静默的泪水
所有的落叶，都铺成了身后的彩带
那迟疑的阳光，会带着芳华的气息归来

一颗露珠最深处，波荡着一片最初的大海

请告诉尘世，一个人
用灵魂的赤诚把晚风重新打开
一个人举着被黑暗吹灭的蜡烛
在苦难和幸福的轮回中，一次次
划燃了火柴，划燃了红枫林泣血的风采
任由玫瑰凋落，任由时间衰败
向美而生，向美而死——
是一个人永世不变的情怀

一封信让万山红遍。那么，请让一个人
从容收拾起那满地的红叶
收拾起那前世今生的等待
当头顶落下初雪的时刻
请让生命陪着片片枫叶一起取暖
请把生死的掌纹打开，让那道深深的爱情线
融进红枫叶燃烧的叶脉

在活火山公园

野猪岭师公的祭语

山神啊，在神山上
我和我的子孙一直敬奉你，给你香火，给你干净的神牌
野猪肉我们舍不得吃，把最好的野猪头供给你

山神啊，我们再也不允许——
你给坏人长命，给坏人的竹篙挂满了熏肉，给他们
在雪夜里踢门，还给他们五间木楼，木楼里住五个婆娘

山神啊，连我们的猎狗都忍不了，水碾也忍不了
我们再也不允许在神山上，坏人像野猪一样啃光我们的玉米
再也不允许，那肥滚滚的坏人，像我们一样敬奉你

夕阳下，听野猪岭三百年来的传说

看见那片山坟了吧，那些地下的人啊，都是吃野猪长大的
最大的那座坟，有五十七头野猪的牙齿陪葬
哦，七年前，水泥路修了二里，野猪也退了二里
野猪跑到了更高的那片野树林里
但白背叶还是长起来了，野猪最喜欢的白背叶啊
现在都安静了啊，余晖里的野猪也安静了
但她的手指突然惊慌起来——
如果野猪在哪一个坟头撒一泡尿，就是那一泡骚尿啊
那个死去三百年的人，他就会，扛着猎枪回来

我听从了野猪岭的忠告

“我要恢复野猪的力气，也要像寨子一样安静”
寨老说，野猪是养不活的啊
但我的目光还在抚摸着野猪岭的背部，我确实是怕它
随头上的那朵跑马云，一下子跑走了

我刚刚学会模仿野猪走路的样子，但它的蹄印
在乱草里早就模糊了，那是野猪走过的乱草啊
比我的心还乱。如果我是一头野猪
我还能找到三百年前布下的那七个陷阱吗
“不要去惹一头野猪，除非你也是一头野猪啊”

吱吱响的木楼里，停电都半天了，这时电灯突然又亮起来
达嬷的女儿啊，我不要蚊香片，也不要洗发液
我只要像一头野猪，打开长长的鬃毛，在乌云下面睡觉

野猪岭上的干娘石

母亲啊，其实我是不会被野猪咬死的
哪怕死，我只想咬着你的乳头安心夭折啊
那时我只有半岁，你忘记了我本来就是一头小野猪啊
你抱着我指认的那块石头干娘，也像命一样硬
也像野猪一样凶狠，躲避
现在，我认不出它是哪一块了。我找遍了野猪岭上的
每一块石头
它们好像都是你，都是我那死去活来的母亲

达嫫的故事

最后的那个春夜
我们围着一头野猪跳舞，达嫫也跳啊，那是土银子的达嫫
那是野猪岭，围着五堆篝火，挨“鬼”撵走又回来的篝火

一拨拨的傩面人从山上冲下来。师公也一圈圈跳
跳出了神的样子。捕获野猪的达亮啊，是他跳得最好
那一夜，他像捕获野猪一样捕获了我们的达嫫

野猪岭的寨老啊，我们可以举起竹筒酒了。但达嫫的眼神乱了
那一架森林消防飞机，就那一刻，从满山的松香里飞来了

跟寨老讲述一个野猪岭的梦

寨老啊，给我野猪的粪便，给我挣扎，就像我要解开
捆在身上的草绳。那浓烈的气味里，是寨子割下了耳朵
是一头
瘸腿的公野猪，在岩石上摩擦一千年的硬皮肤

寨老啊，我看见一对獠牙了，从溪水里猛地拱起来
长长的獠牙后面，是那头公野猪的一瘸一拐，远远的野猪岭啊
当它站在我的面前，我被吓得跪了下来啊——
这头公野猪，它竟一点点地，变成了我祖父53岁的样子

野猪岭的猎神啊，猎装整齐，是他的斗笠把野猪岭拖走了
在他铁砂珠的眼神里，树叶纷飞，宿命也落下来了
那么，我也只是一头
无处可逃的小野猪了

寨老啊，当那头公野猪就要完整变成我祖父时
一声沉闷的枪响，那外省的偷猎者，把我一下就吵醒了
那一刻，野猪岭的春夜，安静得像一片荒坟，安静得
像我孤独的泪水

那夜里，只有保存在我手机里的那头野猪啊
还在沉沉睡熟

曲阜孔庙迷路记

我记得我是从一部《论语》开始
进入这片庞大的古建筑群的
时值秋日，阳光如一盏淡淡的菊花茶
重檐高翘，似乎在挽回鲁国故都的天空

我以孔子讲学的节奏
缓缓穿越两千多年幽深的门坊
466间殿堂阁庑，恪守着中庸之道
一棵巨大的龙柏，呈飞腾之状
我在杏坛驻足，想聆听圣人的谆谆教导
但他的声音如一缕远逝的风
转化为导游的解说词，从小喇叭里嗡嗡飞来

我的旅游鞋向儒家的堂奥处游去
在一片碑林里，我迷路了
我在一行行楷书铭文中迷失了方向

在原路返回中，我忽左忽右，从东折向西
我要找到那条中轴线，找到出口
在踯躅疑惑中，我还是把自己走丢了
最后，我打开手机导航
才回到了神道，走出静穆的孔庙大门

那时，一辆汽车启动着发动机
它在孔庙门外焦躁地等我上车
仿佛从竹卷中的春秋时期一直等到现在

鱼浮头

鱼第一次浮头
是塘水不清，太肥，缺氧
鱼第二次浮头
是塘里的鱼太多，密密麻麻，互相挤压
鱼第三次浮头
是鱼塘老化，塘底泛起毒气
鱼第四次浮头
是观察那个钓鱼的土豪，来到了塘边没有

在活火山公园

上次火山喷发
距今有七千多年了
现在，在这座活火山上
到处是拍照的人
到处是大声的说笑
三只热气球飞过了火山顶
有人一定看见了远处的大海
两个沉溺于热恋的情人
还在草地上放肆地拥吻
我玩累了，坐在木凳子上
用手机写诗，最后一句是——
“生活太大了，我抱不过来”
在火山脚下，一个家伙
架着相机，他天天在等着
火山喷发的那一刻

秋天的大庆有点寂寞

秋天的大庆有点寂寞
没有钻机轰响，也没有石油喷涌
街上的黄叶
一片片，踮着脚尖落下来

大会战的号子筑起的城市
现在，仿佛悄悄熄火
零零星星的人工湖
嵌在干打垒的记忆里，模仿着
一座江南小城休闲的情调

输油管道是一段悠远的历史
石油工人的后代
蒲公英一般
散落在遥远的南方

太安静了
哪怕再来一次当年的井喷，也好
几个老人在小区晒太阳
他们还想听
一个叫王进喜的人
地球也要抖三抖的那一声吼

在大庆，那个铁人
住在城边上的一座纪念馆里
他的工作服和手套，在玻璃展柜里
依然弥散着岁月的体温

骑牛背走远的，是，崩溃的苦楝鸟

要不要，把春雨的素描画完
崩溃的苦楝鸟，骑着牛背走远了，崩溃的
水牛背，黑亮的

傍晚
还有，崩溃的放牛娃
在广州出租屋，打手机
雨天信号模糊，是崩溃的小童谣，被干扰的

崩溃的苦楝果子
没有鸟来叮，以及，崩溃的放牛班

我有所思

我有所思
我在农药里洗手，洗乱了晴天和运河
我的黄昏是被抽血的乡愁
那寂灭的影子，是披着芒果的南方王
我背上的肉深插着一把镰刀
生锈的，不能割谷
也不能拔出

像羊一样说话

一

在羊的眼中
万物是后退的
夕阳退到油灯里歇息
仇人退到火炉边的亲情里喝酒
连一支轰响的油锯也要慢慢地后退
退到储木场上空的月亮上面
它脱下了一双沾满油渍的手套
我只想和羊站在原地
像做错事的孩子，埋下头
“不是我杀你
是你的泪水杀你”
那时，请允许晚风从羊的叹息吹来
一页页地
再次翻开草地上的经书

二

三个人在草地上杀羊
麻利地掏出
羊的肝
羊的肺
羊的胃
羊的肠
三个人反反复复搜寻
就是找不见
羊的心
杀羊为生的人
第一次遇到一只空心的羊
三个人
摊着手，面面相觑

三

我们像羊一样说话
发出柔弱的单音词
咩——那是一个婴儿的哭声
压低了一只乳房的慈悲
青草味的单音词
无法连成一串奔跑的句子
牧羊人只好摘下帽子，指给我们看
——喏，世界还在那边

那时，我们就像羊站在风中
望着远处的铁桥发呆
一列火车从黑暗的隧洞冲出来
压住了我们的喉管
后来，是我们反过来教羊说话
说道上的话
那一大群羊，轻易就学会了
只一句
就像狼一样把我们逼退

奔驰汽车的尾箱里装着一棵桂花树

奔驰汽车的尾箱里装着一棵桂花树
一米五高的桂花树
仿佛一个穿绿色校服的初中女生
在德国发动机速度里
奔跑
发育期的奔跑，春天被快速检阅
爱情在导航仪里提前到来了
一波波的红绿灯被冲破
我在后面喘气。当春天还在猜想
一棵桂花树将栽种在哪一个地点
一棵提速的桂花树
在奔驰汽车的后视镜里已迅速开花

缅甸来信

在燕山上

在燕山上
白云丈量着一只蚂蚁的脚步
大好河山，被史书反读成山河好大
我的亲人还在青铜里反复争夺功名
落日里，有三千匹马的爱与恨
我爱的那个人，她的热血早已玉化
当滚滚奔雷把叛将的头颅斩落
在春夜喜雨里
一个哑巴居然喊出来——
谁能看见祖国山川内心的美
谁才有资格去死！

缅甸来信

这首诗歌的题目，最初叫南方来信
但我感觉那一片丛林还是太远了
一封信，骑着大象，穿过了佛塔，柚子林，穿过了
东南亚甘蔗地上空的晚霞

三十年的时光，是一个中年女子的笼纱
是孔雀，是木菠萝，是缅甸玉
在一群奔跑在神牛的孩子中间，她教汉语
把汉语拼音转化为掸族方言
把中国的偏旁部首
转化为缅东北山地的一片野果苗
她标准的口型
保持着一个宁波籍女性的优雅

在伊洛瓦底江纯蓝的天空下面
她没有谈过恋爱，一直单身

她的爱情，是中文，是方块字，是长江的云
“给人一粒榕树籽，得到一棵榕树”
她的爱，是一座远方的寺庙

在那阴湿的山地，她的关节炎告诉我
一封缅甸的来信，是在停电的夜晚里写的
“当年，我们的祖父
也是在一个没有月亮的夜晚
结盟为兄弟”

在平塘，拜谒中国天眼

巨瞳
在贵州喀斯特地区深陷的眼眶里，孤独在进一步陷落
因为，它的灵魂要安排一个伟大的星空

那跨越暗物质的心，要把它的朋友圈延伸到宇宙边缘
要在人类的脑屏上重现宇宙早期图像
遥远的发光的事物，哪怕是从针孔透出的一缕微光
在挤压着神的黑暗，那需要重新排序的黑暗
而从黑洞中隐匿的，必将在光芒中现身

现在它还不急于去发现，去命名。在一个怀疑主义者的
巨型建筑里，它首先需要质问自己。而在群星的永恒奥秘里
它首先需要向万物致意
然后和解。持久地
沉溺于跟自身较劲。在平塘县克度镇金科村寂寞的
大窝凼洼地里，跟一种庄严的使命较劲

在一组组反射单元上，它凝神仰望着苍穹深处，不舍昼夜
它渴望以一颗星球为圆桌，跟一个外星人讨论星际的人性
所以，它正眼也不会瞧一瞧那些饶舌的游客
那些用眼睛取代心灵，用手机取代眼睛的游客
正如一首大诗，坚定拒绝庸俗低能的读者

中国古塔

在祖国
我见过很多古塔，正直高大，古朴沧桑
那是遍布我们灵魂的星斗，照耀着一个国家——
那鱼鳞一样连绵起伏的屋舍
那黄土波浪里翻涌的面孔

塔里住着神祇，弥散出古钟的呼吸
塔身紧咬着风雨，雷电，烽火
那拒绝修复的疤眼里，萌生出——
历史铜镜，道德文章，以及镇妖法宝
我必须净手焚香
一一叩拜这些木塔，砖塔，石塔，铁塔
从一行行斑驳的铭文走进塔的内心

一座座古塔端坐尘世，镇守法位
千年经卷深藏于世代人心

在岁月的隐秘处，瑞祥的舍利子
用吉光一个字一个字地阐释着经文
那绕塔三周的神鸟，一千次，一万次
用草书书写出一句句华夏偈语

江边的那座古塔，把万物纳入心胸
一步步，走上了山顶。在天空下
它引导我的目光俯瞰山川，仰望苍穹
在俯仰之间
用飞檐替我把远方收归于一颗锦绣之心

文星照耀的塔，在宁静致远中心心相印
一座南方古塔，从北方天空的星宿下
总可以找到与之遥相呼应的另一座古塔
那是大地上一对神性的水桶，从那里
岁月舀出汉语的月光，一瓢瓢地
浇在那群夜诵诗书的垂髫学童心底

倘若在飞机上
我领略到的是另一番气象
那辽阔国土上的一座座古塔，在风起云涌处
俨然一粒粒泰然的棋子
布下一盘宏大的千年棋局
令风物整肃，人心归位，万物俯首

中国古塔，像一代代祖先安立的牌位
深深嵌在我的身体深处
化为一个人硬朗的骨骼

江　上

——王安石同名古诗新题

在夹岸的乱山里，我的心，不乱
鱼就不乱，江水也不乱
我衣袖里笼着滚滚落日和黯淡飞花
秋风呐
要把这只载满离愁的木舟削成古剑
要破开我白发中的万顷波涛
天凉了
沿岸的朝代在一件件加衣服
我用雁声写的家书，还滞留风里
我的亲人，他们还在担忧
一个人要用老去的肉身，去换一页新帆
我站在船头，打捞江面的落霞
目光顺着鱼鳃沉入水底
那河床淤泥里，有沉船，有嗟叹
有一截白骨，还保持着奋力划桨的姿势
我在袭来的寒风中整理衣襟

此刻
只有和我生死相伴的这只孤舟知晓
那凶险的旋流之下
有一块巨石，它的名字叫安石

依然需要离愁和悲秋

——在高铁上复习唐诗

依然需要离愁
将万水千山和九转回肠
盘在岁月的码头上。今夜
一叶孤帆，将从这杯别离酒启程
把一盏哽咽的灯火稀释在茫茫夜雨中
一条扬州的鱼儿蛰伏在船底
那鱼鳃边，放干了一条春江的泪水

依然需要悲秋
将寒山瘦水和萧疏万木
作为所剩无多的盘缠，收好
秋风削成一根拄杖
一步步登上多病的身体之上
在余晖中垂首于死亡，就像
垂首于还在地下念叨人间的先人

而此刻
一列高铁甩开唐代的韵律飞驶着
离愁和悲秋，仿佛两个落水的书生
在陶制水杯里，沉沉，浮浮

永　恒

苍穹之中
我看见了星轨
看见了神明为群星安排的道路——
像真理一样辽阔灿烂，无可辩驳
在地下，一个久病的人
微驼着身子，举目投向这亘古如常的星河
若许年来，有如一颗铆在大地上的钉子
那颗与之一生对应的星宿
是他迟迟不肯落下的泪滴
那一刻，我感到比星辰更永恒的
是一颗持续仰望星空的心

跟学生谈中国古代诗歌

在中国古代诗歌里
一定有酒，有剑，有一匹烈马
踏碎冷月。马尾卷起悲怆的一生
被沙尘横扫的眼睛
火镰一样，隐没在大地的苍茫处
在天涯海角尽头
一定有落日的斧子，斩落叛徒的头颅
而在千里江山的起起伏伏里
一定有一个躲在油灯里的村妇
憔悴，哀苦，在桂花落下时，轻叹一声——
郎君，早点回家

一个人的天山

今夜，天山是我的
天下真英雄，是我的
在我的醉，我的歌，我的号哭里
我要在乱世飘晃的这杯烈酒里
一一喊出他们的名字
喊出他们的故乡
还有，那经血里坍塌的马头

天山在雪的虚线里飞翔
用石头的翅膀，为我划出古老的囚笼
我必须在铁鞭抽打的时间最痛处
去问雪，去问天山。那吐出皑皑的积雪
定是英雄脱下血肉的白骨头
那积雪下的冰泉
定是我祖先提前一千年
用家族泪水窖出的绝地佳酿

我狂呼天山死去的神鹰
再死一千次，然后
我要那鹰王的后裔集体飞来
逼死我酒盅里败国的美人
啄碎我的躯壳，我的皇冠，我滥情的酒杯
今夜，我要在天山最深的雪中埋剑
在最深的雪中
只露出剑锋所指的方向

防波堤

这是年久失修的防波堤
粗粝的石子，从剥蚀的水泥里裸露出来
像暴突的牙齿，密密麻麻
一颗颗，紧紧咬合在一起，甚至咬死了
低飞的海鸥影子

多少年来，一波波的狂浪朝它卷扑过来
如烈性炸药在它的胸腔里
瞬间释放出愤怒的轰鸣
鲨鱼的残肢，舢板的碎片，泥沙的惊恐
在飞迸的水花里被抛向高空
它还来不及睁开眼睛
另一波惊涛，死死摁住了它的肩胛

这，必须汇聚千里防波堤的集体力量
才能顶得住百年未遇的一个浪头狂袭

在腥涩浑浊的海水里
进逼与反进逼，冲击与反冲击
这是命运削割的剧痛，而更深的痛
是内部某处的塌陷，崩溃

但防波堤没有退路
一场不可预测的飓风，在遥远的海面上
正谋划一次更大的海啸
防波堤以缄默的胸膛，暴露的肋骨
守着蓝色海湾里最后的岸线
它不会妥协，它的骨头绝不让步

当我在黄昏的海滨散步，看见这
在燃烧的夕霞里绵延的
防波堤
我感到，它几乎就是我三十年来的生活

给我一座卡桑德拉大桥

给我一座卡桑德拉大桥
给我索菲娅·罗兰的美，照亮我的
疫病，和脆弱的心
让火车以我的心跳为时速
驶过一个警察长长的皮带
一列火车和沿途在恐慌的时候
我只剩下爱，用爱，去感染那个孩子
这次，火车不是驶向斯德哥尔摩
是驶向武汉
在咔嚓咔嚓的声音里，我剪下的一截
是不带病毒的泪水

小神曲

在一只斑鸠的巢里，群山安睡
狮子合上了一天的野外笔记
我死去的亲人，在乔木树冠收起了降落伞
溪水下的星星，信也只写了一半
诗歌的灯熄了，而巫师的牙齿完好无损
让他们在自己的脚印里睡吧，他们都累了
在阴暗的湿地里，我还不能睡
我还要去照料那堆燃烧的篝火

亚平宁半岛的春天

他一推开窗
就看见了文艺复兴的天空
亚平宁半岛的人民
从深蓝的云层探出头来
一个人的肖像画
像春天的树叶从空中飘落下来
落在残雪嘀嗒的十字架上
风修改了闪电的方向
死去的人替拉斐尔解开了上衣纽扣
在广阔的波河平原上
圣母牵着婴儿的手走着，向着阳光
那光脚丫上沾满了酥软的油彩
越过山谷，森林，河流，雪水
那光芒中缩小的阴影里
有酒窖和云雀在欢唱
走在前头那棵最高大最优秀的云杉

率领一棵棵枫木，来到克雷莫纳小镇
向刚起床的小提琴制作大师
呈递了集体受降书

我写诗累了

我写诗累了，在文字的繁枝里累了
在深夜一点钟
酒徒们已经回家
办公室里的传真机也已经休息
今晚，我终于写出了一首好诗
我像被我喝掉的一杯葡萄酒那么兴奋
仿佛在将要下地狱的最后那一刻
上帝赦免了我的罪

我躺在床上，在熟悉的暗夜和寂静里
很累了，我还在继续构思着一首
未完成但让我激动的诗
这是多年前死缠着我的一首诗，一个宿敌
我就像一只猎犬
在丛林里逼近了一只凶猛的动物
在树叶的间隙里，我看见了它的皮纹

但我还是感觉到
我是风中一根晃动的绳子
无法抓住空气里想抓住的那一只巨手
就差那一点点距离，让我无限沮丧
这就像我曾经说过的
“写诗，会耗尽一个诗人一生的家底”

我真的几乎放弃了一切——
财富，爱情，家庭，地位，荣誉
三十多年来，纸上的我
始终没有放弃眼角的那一滴泪水
它融解了我内心柔弱的故乡
和这个铁器的世界

我不屑于和这个没有诗意的世界
去谈论我的诗歌，也不想在灰白色的
尘埃里面去大声朗诵
谁都夺不走我骨头里的一个词
我有一幅私人的地图，灵魂的地图
它还在一寸寸扩大
诗歌，是我唯一的首都。我没有护城河
我是唯一的王和戍卒

有时候，我真的担心
在一页页洁白的稿纸上
我所写出一行行美好的诗歌
那最后一行
是一张死亡证明书。但我不后悔
就像闪电不后悔把光焰献给黑暗
就像一只羊不后悔
把贞洁的血献给它爱着的刀锋

我写诗累了
那骨头里的累，让一首诗也不能承受
像一朵秋天疲倦的花，垂下头来
是的，我需要休息
我要吮着母语的乳头
像一个听话的婴孩一样安睡
今夜，连桂花也不要打扰一个诗人的梦

早春日记

我乐于和一个老邮差
一个在冬天里受尽气的老邮差
去送一封信
送给远方的一封信，在春风里
尽管这封信没有地址，没有确定的爱情
但我，乐于是一张邮票
被一双有力的手，狠狠打上邮戳的邮票
我要像早春里的一片嫩叶
随着这老邮差的单车轮子
在树木的阴影里，往前赶
在不可抵达目标的途中，往前赶

后　记

十多年前，我说过：写诗，会耗尽一个诗人一生的家底和元气。那种略带苍凉的语气，似乎弥散着一种诗歌的宗教感。我深知，只有把诗歌视为神器的人，才能像朝圣者一样不畏艰辛一路走来，才能有勇气和资格去迎迓远方的神光。四十多年来，在世界的喧嚣中，我一直以一种负责任的态度埋头写诗，从这个意义来说是可以聊以自慰了。迄今，我愈来愈觉得写作的难度远比年轻时大得多。我深感诗歌的至境是靠境界写作，——这，是我多年来追寻的目标。

在过往的岁月中，我写下大量的诗篇，包括遗失和撕毁的诸多篇什，我所出版的诗集只收录了我作品总量里的极小部分。《被龙卷风追赶的人》是我的第三部诗集，这部诗集的取名有我自己的想法，那是因为我觉得：在龙卷风一般的命运和外力的追撵中，很多人的灵魂在惊惶窜跑，在奔逃中失去价值的判断力，但强大的诗歌其实总是以领跑者的态势，跑在命运的龙卷风前面，令人惊讶地实现精神境域的大转换，这是诗歌的力量、尊严与荣耀。

诗歌写作，应该像羊埋头吃草，忠实于大地，忠实于青草，忠实于自己。那些美好和不美好的外部现实，那些心灵中最软的和最硬的事物，在诗歌的眼睛里它们都是被心灵放牧的羊群。而一个具有诗歌理想和能耐的人，是多么幸福，他就像一个牧羊人，把古老的汉语像赶着羊群一样，赶到一处别人没有涉足的丰美草地，在那里放下自己的灵肉，把手中的赶羊鞭子交给了闪电，而他自己也变成了一只羊。是的，诗歌，要像羊一样说话。在诗歌途经的地方，世界将会充满了青草的气息。

诗歌，是物质时代的精神遗孤。诗歌要有光，诗人是举着一盏灯来到世界的。在万物面前，诗人要学会羞愧和谦卑，要学会对世界说对不起，对人性说对不起，对自己也说对不起。让我感到安然的是，在我的作品里，不仅有对抗、批判、冲突、矛盾，更有悲悯、慰藉、抚摸和爱。我的诗歌一直指向人，指向人性，关注个体、群体在历史和现实交织的文化语境中的精神境遇，这一点，永远不变。我确信：一个诗人在自己的作品里死去活来。——我历来主张文本为王，靠作品说话，用铁肩膀去撞开诗歌的神圣之门。我写出的每一首诗，于我而言都是一座沉睡的墓碑，等待读者特别是心智相通的读者去唤醒，从而获得一种新生的、外溢的力量，那时，我会因那些用心血写下的分行文字而感到欣慰与自豪。

刘频

癸卯年瓜月于龙城